ROLAND GREEN

Die Krieger der Drachenlanze 6

Die Ritter des Schwerts

Aus dem Amerikanischen
von Imke Brodersen

DRAGONLANCE®

BLANV

Das Buch erschien im Original unter dem Titel
»DRAGONLANCE® Saga, The Warriors III, Knights of the Sword«
(Chapters 12–16)
bei TSR, Inc., 1801 Lind Ave SW, Renton, WA 98055, USA

Umwelthinweis:
Alle bedruckten Materialien dieses Taschenbuches
sind chlorfrei und umweltschonend.
Das Papier enthält Recycling-Anteile.

Deutsche Erstveröffentlichung 5/99

U. S., CANADA,
ASIA, PACIFIC &
LATIN AMERICA
Wizards of the Coast, Inc.
P.O. Box 707
Renton, WA 98057-0707
+ 1-206-624-0933

EUROPEAN HEADQUARTERS
Wizards of the Coast,
Belgium
P.B. 34
2300 Turnhout
Belgium
+32-14-44-30-44

Visit our website at http://www.tsr.com

Published in the Federal Republic of Germany by
Blanvalet Verlag, München
Blanvalet Taschenbücher erscheinen im Goldmann Verlag,
einem Unternehmen der Verlagsgruppe Bertelsmann GmbH.
Deutschsprachige Rechte beim
Blanvalet Verlag, München,
in der Verlagsgruppe Bertelsmann GmbH
Umschlaggestaltung: Design Team München
Umschlagillustration: TSR
Satz: deutsch-türkischer fotosatz, Berlin
Druck: Elsnerdruck, Berlin
Verlagsnummer: 24887
Redaktion: Yvonne Hergane
V. B. · Herstellung: Peter Papenbrok
Printed in Germany
ISBN 3-442-24887-6

1 3 5 7 9 10 8 6 4 2

Kapitel 1

Im Nordosten schnitt die Schlucht tief in die Bergflanke ein. Die oberen Berghänge lagen in düsteren Wolken verborgen, und im Osten und Norden stauten sich weitere Wolken turmartig auf. Wer scharfe Augen hatte, konnte Blitze in den Wolken erkennen.

»Das sieht nicht aus wie ein natürlicher Sturm«, sagte Birak Epron. Er hatte sich vorher sorgfältig davon vergewissert, daß außer Haimya und Pirvan niemand in Hörweite war. Jetzt sah er auf den Fluß hinunter, der sich am Boden der Schlucht wand. Pirvan warf einen Blick auf Rubina, aber Epron schüttelte den Kopf. Das bedeutete allerdings nicht, daß die Schwarze Robe unschuldig war, sondern nur, daß der Söldnerhauptmann keine Anklage gegen sie hören wollte.

Nicht daß von einer solchen Anklage viel zu erwarten gewesen wäre – zwar hätte sie einen heftigen Streit, jedoch gewiß nicht die Wahrheit ergeben. Aber Pirvan wünschte sich allmählich, die Umstände hätten es zugelassen, daß er entweder mit Rubina oder mit den Söldnern zog. Mit jeder Partei für sich konnte er fertig werden, beide zusammen brachten ihn aus dem Konzept.

Tatsache war jedoch, daß der Tag sich dem Ende zuneigte. Auf der anderen Seite des Flusses, der stellenweise flach genug war, daß man hindurchwaten konnte, waren mehrere geschützte Lagerplätze. Auf dieser Seite dagegen gab es nur nackten Fels und Gras, noch nicht einmal eine sichtbare Quelle für frisches Wasser. Dazu ragte eine Felswand über das Südufer des Flusses hinaus, die reichlich Verstecke für Bogenschützen bot, welche jeden darunter Stehenden erreichen konnten.

Der Gedanke, so spät am Tag noch den Fluß zu überqueren, gefiel Pirvan nicht besonders. Alle Alternativen allerdings noch weniger.

»Ich nehme Rubina zu den anderen Anführern mit nach oben«, sagte Pirvan. »Ihr haltet Euch zurück, in der Mitte des Zuges.«

»Einverstanden. Sosehr sie mir gefällt, ich wünschte, sie hätte keinen Streit mit Tarothin angefangen«, erwiderte Birak Epron. »Zwei Zauberer sind besser als einer, und Tarothin hat wenigstens offen geredet. Rubina enthüllt ihren Körper, aber ihre Gedanken bleiben für das Auge Sterblicher unsichtbar.«

Pirvan verkniff es sich, dem Söldnerhauptmann zu seiner spät errungenen Weisheit zu gratulieren.

Der Fluß war einer jener unangenehmen Wasserläufe, die für ein Boot zu flach, zum Überspringen zu breit und zum problemlosen Hindurchwaten zu tief sind. Außerdem war er voller toter Tiere, so daß es keine schöne Vorstellung war, aus ihm zu trinken oder ihn zu durchschwimmen.

Die Kolonne zog am diesseitigen Ufer auf und ab, um eine Furt zu finden. Schließlich entdeckten sie eine Sandbank, die sich fast quer über den Fluß zog und ihnen ermöglichte, zwar nicht trockenen Fußes hinüberzugelangen, aber doch ohne Kleider und Waffen zu ruinieren.

»Wir dürfen das Essen nicht vergessen«, sagte Haimya. »Wenn uns der Marschzwieback verdirbt und wir dann in ein Land geraten, das leergejagt ist, könnten wir magerer als Elfen werden, bis wir Waydol erreichen.«

Zwei der größten Soldaten überquerten den Fluß mit festen Seilen, die sie am anderen Ufer an Bäumen befestigten. Weitere große, starke Soldaten stiegen ins Wasser und postierten sich in Abständen am Seil entlang, für den Fall, daß jemand den Halt verlor. Pirvan rechnete jedoch nicht mit einem Zwischenfall; abgesehen von gelegentlichen Wirbeln wirkte das Wasser träge.

Pirvan und Haimya führten die Gruppe an. Rubina folgte ihnen. Trotz ihrer Größe gelang es ihr irgendwie, von Kopf bis Fuß naß zu werden, so daß ihre schwarzen Kleider wie eine zweite Haut an ihr klebten, als sie aus dem Wasser auftauchte. So blieb sie stehen und wrang sich das Wasser aus den Haaren, bis mehrere Männer in Löcher stolperten, weil sie nicht den Blick von ihr abwenden konnten.

Pirvan wollte sie gerade mit Gewalt außer Sichtweite schleppen, als er ein fernes Grollen hörte – wie Donner, aber näher am Boden. Er rannte zum Ufer zurück und blickte angestrengt in beide Richtungen. Flußabwärts war bis zur letzten sichtbaren Biegung nichts zu sehen.

Flußaufwärts dagegen schien ein schwacher Dunst vom Wasser aufzusteigen. Pirvan kniff die Augen zusammen und sah, wie der Stamm eines hohen Baumes vom Dunst verschluckt wurde. Dann verschwanden auch seine unteren Zweige. Dasselbe geschah mit anderen Bäumen, und Pirvan legte seine Hände an den Mund und brüllte: »Eine Springflut! Das Wasser steigt! Alles raus aus dem Wasser und nach oben!«

Nicht jeder konnte diesem Kommando Folge leisten. Der Fluß war an der Furt hundert Schritt breit, und selbst von den Männern, die die Ruhe bewahrten, überlebten nicht alle die Springflut. Pirvan sah Haimya zum Ufer hinunterrennen und im Laufen ihre Rüstung und die Kleider abwerfen. Sie wollte offenbar ihre Schwimmkünste nutzen, um andere zu retten.

Der Ritter wollte schreien oder losrennen und sie aus dem Wasser zerren. Statt dessen winkte er zwei Soldaten zu, die bereits drüben waren.

»Bringt Rubina auf höheres Gelände oder klettert notfalls auf einen Baum.«

Dann eilte Pirvan selbst zum Ufer hinunter, wo das Wasser

ihm fast so schnell entgegenschwoll, wie er hinuntersprang. Haimya war nicht aufzuhalten; er hatte nur die Wahl, sie ihr Leben riskieren zu lassen oder sie vor allen Leuten in einer Weise zu beschämen, die sie ihm nicht verzeihen würde.

Der Ritter hoffte, daß seine Weisheit ihn vielleicht trösten würde, wenn es heute sein Schicksal sein sollte, seine Frau mit eigenen Augen ertrinken zu sehen.

Einer der Soldaten, die die Seile herübergebracht hatten, war bereits ins Wasser gestürzt und wie mehrere seiner Kameraden von der Flut mitgerissen worden. Der zweite stand fester auf den Beinen und wich Schritt für Schritt vor dem steigenden Wasser zurück. Wenn andere Männer sich auf Reichweite herangekämpft hatten, streckte er seine langen Arme aus und zog sie am nächstbesten Teil ihres Körpers oder an einem Kleidungsstück heran. Dann holte er sie ein wie ein Fischer einen übergroßen Fang und schob sie Haimya zu, die mittlerweile am Ufer wartete. Diese half den Männern aufs Trockene, und dort kümmerten sich Pirvan und andere darum, daß sie das geschluckte Wasser ausspien und nicht mehr von der Flut erfaßt werden konnten, falls das Wasser weiter stieg.

Wären die Seile ganz verloren gegangen, so hätte man von der Zahl der Toten Alpträume bekommen können. Aber sie hielten ein paar lebenswichtige Minuten durch und gestatteten einer ganzen Reihe Männer, auf den Beinen zu bleiben, bis sie soviel Ausrüstung abgeworfen hatten, daß sie schwimmen konnten. Dann verschwanden diejenigen, die schwimmen konnten, strampelnd flußabwärts, wo viele auf die Ufer zutrieben und sich retten konnten. Am ganzen Ufer entlang sah Pirvan Soldaten, die sich wie nasse Hunde schüttelten – und im Fluß trieben die angeschwemmten Leichen derer, die weniger Glück gehabt hatten.

Auf der anderen Seite des Flusses konnte sich das Wasser auf dem flacheren Hang schneller ausbreiten. Diejenigen, die trockenen Boden erreicht hatten, standen schnell in knietiefem, dann hüfthohem, dann kopfhohem Wasser. Aber auch dies geschah langsam genug, um vielen Männern zu ermöglichen, ihr Gepäck abzustreifen und in Sicherheit zu schwimmen.

Eine Zeitlang hoffte Pirvan, daß der Wasserpegel so schnell wieder fallen würde, wie er gestiegen war. Doch die Hoffnung wurde nicht erfüllt. Als die Dämmerung über das Land kroch, starrten er und Birak Epron einander über fünfhundert Schritt Wasser hinweg an, das an den meisten Stellen zwei bis drei Mann hoch stand und ertrunkene Tiere und Treibholz mit sich führte. Auch andere Leichen waren vorbeigetrieben: der Kleidung nach Waldbewohner oder Bauern, und mindestens einer, der Ogerblut in sich hatte.

»Und was machen wir jetzt?« murmelte Pirvan gedankenvoll vor sich hin.

Rubina, die damit beschäftigt war, sich die Haare zu kämmen, zuckte mit den Schultern. »Fragt Birak Epron oder Eure Frau, ehe Ihr mich fragt.«

»Meine Frau teilt die Wachen ein, und Birak Epron ist fünfhundert Schritt entfernt. Ich kann weder hinüberrufen noch einen Pfeil mit einer Botschaft hinschießen. Wollt Ihr mir etwa Flügel verleihen oder ein Boot herbeizaubern?«

»Verzeihung, Sir Pirvan.«

»Ich werde Euch verzeihen, wenn Ihr mir bei allem, worauf eine Schwarze Robe schwört, einen Schwur leistet, daß Ihr mit dieser Flut nichts zu tun hattet.«

Völlige Verblüffung zierte Rubinas Gesicht. Bei jemandem, der weniger geschickt im Täuschen war als sie, hätte Pirvan allein schon diesem Gesicht geglaubt. Aber in ihrem Fall hörte er sich an, wie sie bei Takhisis, Gilean *und* Paladin schwor, daß sie an dieser Springflut so wenig Schuld hatte wie ein ungeborenes Kind.

Da weder umstürzende Bäume noch plötzlich aufklaffende

Abgründe noch Donnerschläge vom Himmel herab Rubina für die Anrufung der guten und neutralen Götter straften, war Pirvan bereit, ihr zu glauben. Damit fühlte er sich zwar kaum wohler in ihrer Gesellschaft, doch zumindest hatte er weniger Furcht.

»Wirklich, ich hätte diese Flut überhaupt nicht heraufbeschwören können. Ich habe sie noch nicht einmal entdeckt, bevor Ihr sie ausgemacht hattet«, fügte die Schwarze Robe hinzu. »In der Sphäre des Wassers habe ich sehr wenig Macht. Ich möchte nicht behaupten, daß diese Flut ganz natürlich zustande gekommen ist, aber immerhin befinden wir uns flußabwärts von einer Gegend, wo es heftig geregnet hat.«

»Haltet bitte Eure Zunge im Zaum, was das Unnatürliche an dieser Flut angeht«, sagte Pirvan schärfer als beabsichtigt. Doch sein Tonfall prallte von Rubina ab wie ein Kiesel von einem Helm, und als Antwort schenkte sie ihm ein berauschendes Lächeln, das in jedem Mann sofort den Wunsch erweckt hätte, aufzuspringen und gegen alle Konkurrenten um Rubinas Gunst zu kämpfen.

Dieses Gefühl, dessen auch Pirvan sich nicht erwehren konnte, hielt nicht lange an, aber zu kämpfen hatte er dennoch, und zwar mit Problemen, die genauso handfest waren wie jeder körperliche Feind. Pirvan begann, am Ufer auf und ab zu laufen, ohne auf den Schlamm zu achten, der an seinen Stiefeln zerrte, oder die tiefhängenden Zweige, die ihm ins Gesicht schlugen.

Auf seiner Seite des Flusses hatte er zwanzig Mann, ein Drittel davon mit Waffen und Ausrüstung versehen. Auf der anderen Seite hatte Birak Epron den Rest der Überlebenden, und es war schwer zu sagen, wieviele von denen noch im Besitz ihrer Ausrüstung waren. Vielleicht die Hälfte, viel mehr sicher nicht.

Der Wasserpegel würde natürlich bald fallen. Aber selbst wenn der Fluß dann seine vorherige Breite wiederhatte, würde das die Toten nicht wieder zum Leben erwecken und auch denen keine neue Ausrüstung beschaffen, die jetzt bis auf ihre triefenden Kleider nichts mehr besaßen.

Weitergehen oder umkehren? Jemand mußte doch weiter vordringen und mehr über Waydol in Erfahrung bringen. Oder, falls dies unmöglich war, zumindest die Küste erreichen und Jemar den Schönen warnen. Wenn der lange genug vor der Nordküste kreuzte, würde die Flotte von Istar eintreffen und womöglich nur deshalb schon mit ihm kämpfen, weil kein anderer Gegner zur Hand war oder weil er als Seebarbar sich zur falschen Zeit am falschen Ort befand.

Pirvan wußte, daß er und Haimya – und Rubina auch, falls man ihr vertrauen konnte – auf eigene Faust nach Norden ziehen und ebensoviel ausrichten konnten wie eine größere Truppe. An diese größere Truppe mußte er jedoch denken und sich um sie kümmern, denn er wußte, wie viele der Männer angesichts eines ernsthaften Angriffs oder auch nur einfacher Wegelagerer praktisch wehrlos sein würden.

Die Truppe aufteilen, ein paar Männer mitnehmen und den Rest zurückschicken? Das erschien Pirvan ratsam zu sein – bis ihm klar wurde, daß dann auch die Krieger aufgeteilt werden mußten. Und jede der beiden Gruppen allein würde womöglich nicht ausreichen, um die unbewaffneten Kameraden zu verteidigen. Außerdem war das Land hinter ihnen in Alarmbereitschaft; dort lagen Hinterhalte in der Luft.

Alle Männer mitnehmen? Ein gefährliches Unterfangen, aber vielleicht die beste Lösung. Wenn alle Stricke reißen sollten, konnte Pirvan die Truppen immer noch zu einer von Aurhinius' Garnisonen führen. Sein Rang als Ritter der Krone würde dafür bürgen, daß die Männer dort korrekt behandelt würden. Sie wären gedemütigt, wenn auch nicht so sehr wie er, aber sie würden überleben und müßten nicht jämmerlich in der Wildnis umkommen.

Wenn ihnen das Glück dagegen hold war und sie es schaffen

sollten, die Küste zu erreichen, konnte eine kleine Gruppe ausgewählter Krieger Waydols Festung auskundschaften. Der Rest konnte sich zwischen den Klippen verstecken und von Fisch, Seevögeln und Wild leben, bis Jemar vor der Küste auftauchte.

Darüber hinaus mußten sie ja nicht so schlecht ausgerüstet bleiben. Man hatte schon Speere aus Zweigen gefertigt, lange bevor Waffenmacher sie in die Hände bekamen, gegen Feinde und Wild konnte man Fallen einsetzen, und im Nahkampf waren Keulen von Nutzen. Ein wichtiger Teil des Unterrichts angehender Ritter trug den Namen »Der Gefährliche«. Darin lernte man, wie man alles in eine Waffe verwandeln und sich an der letzten Hoffnung auf einen ehrenhaften Tod, wenn schon nicht Sieg, festklammern konnte.

Dann zerplatzte die Seifenblase von Pirvans Hoffnung. Seine Söldner waren keine Ritter von Solamnia, noch nicht einmal Aspiranten, die sich auf die Ritterschaft vorbereiteten. Jeder zweite war in seinem Heimatort ein Unruhestifter oder Schläger gewesen, der Rest war es gewöhnt, Auftraggeber, die sie schlecht bewaffneten, mit Verachtung, wenn nicht gar offener Meuterei zu strafen.

Was würde Pirvan machen, wenn sie es ablehnten, weiterzuziehen? Was sollte er machen, wenn Birak Epron es ablehnte, mögliche Deserteure hart anzufassen? Das wäre zwar dumm – Epron mußte besser als andere wissen, daß es nur ein Ende gab, wenn man auf eigene Faust durch feindliches Land den Rückzug antrat. Aber Epron konnte nicht allein gegen fünfzig Mann bestehen, die nur noch daran dachten, wie sie aus dieser Wildnis entkommen konnten.

Pirvan setzte sich und begann, Steinchen und Rindenstücke in den aufgewühlten Fluß zu werfen, der vor seinen Füßen vorbeifloß. Das Gefühl, gegenüber denen versagt zu haben, für die er verantwortlich war, nagte an ihm wie der Wurm an einem Apfel.

Der Maßstab der Ritter behandelte dieses Thema natürlich; es schien wenig zu geben, das er nicht behandelte. Er erklärte, daß Niedergeschlagenheit eines Ritters unwürdig war und schnellstmöglich beendet werden sollte. Er erklärte aber nicht, wie dies anzustellen war.

Der Maßstab betonte auch, daß wichtige Entscheidungen nicht in einem so niedergeschlagenen Zustand gefällt werden sollten. Er sagte jedoch nichts dazu, was zu geschehen hatte, wenn die Entscheidungen dringlich waren und die Bedrückung wahrscheinlich nicht weichen würde, ehe man die Entscheidungen gefällt hatte.

Pirvan war der Meinung, daß zwei oder drei andere erfahrene Söldnerhauptmänner ihre Sache genausogut hätten machen können wie jeder Ritter. Doch er hatte seine Befehle, seine Männer hatten ihn – und alle hatten sie natürlich Haimya. Diese war lange genug Söldnerin gewesen, um ihm zumindest raten zu können, wieviel die Männer noch zu ertragen bereit waren. Pirvan ging davon aus, daß Birak Eprons Männer ihrem Hauptmann bis ans äußerste Ende von Krynn folgen würden; bei den anderen war er sich weniger sicher.

Also hieß es Haimya suchen. Pirvan erhob sich – und dabei wichen zwei der bewaffneten Posten vor seinen Augen zurück. Sie starrten in eine bestimmte Richtung, hatten ihre Schwerter gezogen, jedoch nicht erhoben, und schienen äußerste Vorsicht darauf zu verwenden, keine plötzlichen Bewegungen zu machen. Der eine war so konzentriert, daß er über eine Baumwurzel stolperte und rücklings hinfiel. Sein Kamerad half ihm auf die Beine, ließ aber nicht die Augen von dem, was ihnen Angst einjagte. Pirvan konnte nicht sehen, was das war, aber es hatte eine eigene Lichtquelle.

Plötzlich kam eine kleine Prozession in Sicht. Angeführt wurde sie von einem Mann mit einer Fackel und einem anderen ... Mann – wenn er auch Ogerblut in den Adern hatte –, der eine weiße Fahne trug.

Hinter diesen beiden kamen vier weitere Männer zum Vorschein, alle bewaffnet. Zwei von ihnen hatten das Schwert gezogen. Die anderen beiden schleppten auf einer Trage aus Zweigen und Decken eine zugedeckte Gestalt.

Ganz am Schluß lief ein großer Halboger mit einem Helm, der darauf hinwies, daß er wohl der Anführer war. Er streckte einen Speer vor sich aus, dessen Spitze nur eine Handbreit von der Person auf der Trage entfernt war.

Dann setzten die Träger ihre Last ab. Der große Halboger hob mit der Speerspitze die Decken vom Hals der daliegenden Gestalt.

Pirvan schien es, als würde ihm ein Messer zwischen die Rippen gestoßen und bohre sich in sein Herz.

Die Person auf der Trage war Haimya.

Kapitel 2

Tarothin hatte auf der *Stolz der Berge* praktisch Narrenfreiheit, nachdem sein Trank die neuen Rekruten wieder auf die Beine gebracht hatte. Der Kapitän war dankbar, die Anführer aus Karthay waren dankbar, und die Männer selbst waren ebenfalls dankbar.

Der einzige, der nicht dankbar war, war der Mann, der Tarothin die Fahrt auf der *Stolz* angeboten hatte. Aber Dankbarkeit von einem Agenten des Königspriesters zu erwarten war, als ob man von einem Geldverleiher Mildtätigkeit erwartete.

Als die Flotte sich aus der Bucht von Istar schob und Kurs nach Westen nahm, um sich mit Aurhinius zu treffen, bekam Tarothin neben dem Heilen noch anderes zu tun. Er hatte sich einst als Rausschmeißer widerspenstiger Trunkenbolde in einer Taverne sein erstes Geld verdient, und seit dieser Zeit hatte er den Umgang mit dem Waffenstab immer weiter verfeinert. Abgesehen von einem Jahr während seiner Lehrzeit zum Zauberer, als die Arbeit körperlich zu anstrengend und seine Lehrer zu streng gewesen waren, hatte er diese Kunst immer ausgeübt.

Deshalb war er nun in der Lage, als zusätzlicher Ausbilder beim Drill der neuen Rekruten mitzuarbeiten, jedenfalls wenn das Schiff einigermaßen ruhig im Wasser lag. Weil er sich tagsüber unter den neuen Rekruten und abends unter den Seeleuten bewegte, bekam er eine Menge mit, ohne viel zu sagen oder etwas zu trinken. Er fand, es wäre billiger gewesen, gleich anständigen Essig zu kaufen, als den Preis zu bezahlen, der für das festgesetzt war, was der Winzer ihnen als Wein angedreht hatte.

Zum einen hörte er eine ganze Menge über Alpträume, die seiner Vision von Zeboim und Habbakuk ähnelten. Niemand wußte so recht, was die Träume bedeuteten, aber die vielen Gerüchte, daß Priester der Zeboim an Bord der Flotte seien, ließen einige der Matrosen die Stirn runzeln.

Tarothin versuchte, jeden ernsthaft Besorgten davon zu überzeugen, daß Priester der Zeboim ebenso auf das Gleichgewicht achteten wie jeder andere. Außerdem würde der Königspriester kaum so verbrecherisch oder dumm sein, die eine Partei bis zu einem Punkt zu fördern, wo das Gleichgewicht in Gefahr geriet, auch wenn die Priester ihm gegenüber wohl nicht sehr ehrlich waren.

Die Erwiderungen auf diese Ausführungen Tarothins waren beredt, ja, blasphemisch, und machten deutlich klar, daß selbst Karthayer, die nichts gegen die Herrschaft von Istar hatten, nicht gleichzeitig die Herrschaft des Königspriesters schätzten.

Die langen Tage führten dazu, daß Tarothin gelegentlich ein Mittagsschläfchen hielt, obwohl er sich nicht mehr auf lange Nächte mit Rubina vorbereiten mußte. Es war während eines solchen Mittagsschlafes, daß sein eigener Alptraum wiederkehrte.

Ein Kreis von Priestern mit den fangzahnbewehrten Schildkrötenmasken der Anhänger von Zeboim beschwor Sturmwolken über einem Berg. Die Wolken ließen Regen herabströmen, die Bäche schwollen zu Flüssen an, die Flüsse traten über die Ufer, und die Menschen, die am Fuß des Berges standen, wurden ohne Warnung in die Fluten gerissen. Ein paar der Menschen sahen aus wie Soldaten, aber Tarothin erwachte zu früh und zu benommen, um sicher zu sein.

Er war jedoch nicht zu benommen, um nicht zu wissen, daß er diesen Traum für sich behalten mußte.

Pirvans erste Entscheidung bestand darin, sein eigenes Schwert steckenzulassen. Dann befahl er allen Bewaffneten einschließlich der beiden Posten, die die ganze Prozession angeführt hatten, dasselbe zu tun. Schließlich warf er Rubina einen vielsagenden Blick zu, der ihr mitteilte, was ihr zustoßen würde, wenn ein dummer Zauberspruch von ihr Haimya noch mehr in Gefahr bringen sollte.

Das alles würde zweifellos Freund wie Feind davon überzeugen, daß er verletzbar war, wenn Haimya sich in Gefahr befand. Aber es hatte ohnehin wenig Sinn, diese offensichtliche Wahrheit verheimlichen zu wollen.

Statt dessen trat Pirvan vor und hob beide Hände hoch. »Wem verdanken wir die zweifelhafte Ehre eines Besuches unter diesen Umständen?«

»Ich möchte meinen, daß *Ihr uns* eine Erklärung schuldet, da Ihr das erste Vergehen begangen habt«, erwiderte der Halboger.

Einige von Pirvans Männern liefen rot an und kämpften sichtlich mit der Anweisung, nicht zur Waffe zu greifen. Pirvan verschränkte die Arme vor der Brust. Das gestattete ihm auch, die beiden Dolche in den Brustscheiden in unmittelbarer Reichweite zu haben. Er vermutete, daß er den Halboger würde niederstrecken können, bevor dieser Haimya mit seinem Speer durchbohren konnte, aber er hatte nicht vor, es darauf ankommen zu lassen, solange seine Lage nicht verzweifelt war.

Sie war es nicht. Der Halboger rückte von Haimya ab, hob seinen Speer und stieß ihn mit der Spitze nach unten in die Erde. Er hatte immer noch ein Schwert, das einem Minotauren angemessen gewesen wäre, im Gürtel stecken, dazu zahlreiche Messer am Körper verteilt, aber jetzt lag Haimya außerhalb seiner Reichweite.

»Ich bin mir keines Vergehens bewußt«, sagte Pirvan in wärmerem Ton. »Jedoch ist Unwissenheit zwar keine Entschuldigung, aber gewiß so üblich wie Schnee im Winter oder Regen im Sommer. Falls wir uns im Irrtum befinden sollten, nehmen wir eure Belehrung gerne an.«

»Ihr seid – ohne Vorwarnung und ohne um Erlaubnis zu fragen – in unser Territorium eingedrungen«, sagte der Halboger. »Das gestatten wir anderen Banden nicht. Wir können es daher erst recht nicht Soldaten gestatten.«

»Wir sind Soldaten mit einem rechtschaffenen Auftrag«, erklärte Pirvan. »Dieser Auftrag muß keine Gefahr für euch darstellen, aber wir sind bereit zu kämpfen, wenn es sein muß.«

»Ich bin sicher, Eure Kameraden am anderen Flußufer würden Euch bereitwillig rächen«, gab der Hauptmann zu. »Aber ich würde lieber gar nicht erst von Kampf und Rache reden. Wenn mich mein Gedächtnis nicht trügt, habt Ihr mir einst das Leben gerettet.«

Pirvan kramte in seinem Gedächtnis, so weit er es vermochte, und versuchte sich zu erinnern, wo er den Halboger getroffen und ihm das Leben gerettet haben könnte. Das Gesicht und die Stimme des Mannes schlugen leise eine Saite seiner Erinnerung an, aber die Winde der langen Zeit wehten den Ton davon.

»Hast du die Bande angeführt, die uns in der Nacht angegriffen hat, als wir die Karthayer von – etwas – befreiten? An der Westküste der Bucht, auf einem steilen Pfad?«

Gesichter von Halbogern sind nicht zum Lächeln geschaffen, aber der Hauptmann bleckte immerhin seine gelben Zähne. Dann lachte er. »Ja. Ich bin Pedoon, und Ihr hättet mich und die Meinen in jener Nacht auslöschen können. Das habt Ihr nicht getan. Hat man Euch wegen solcher Taten zum Ritter von Solamnia geschlagen?«

»Woher weißt du – oh. Ich schätze, uns ist die Nachricht vorausgeeilt, daß man mich Sir Pirvan nennt. Nun, es ist wahr, ich bin Sir Pirvan von Tiradot, Ritter der Krone. Ich führe diese Männer in einer Mission, die euch ganz sicher nicht gefährlich werden wird.« Pirvans Stimme wurde schneidender. »Die Frau auf der Trage, deren Leben ihr am Beginn dieser Verhandlungen bedroht habt, ist meine geliebte Frau Haimya. Ich weiß nicht, welche Bräuche ihr bei Verhandlungen habt, aber ich versichere dir, daß ihr dadurch in größerer Gefahr schwebtet, als euch bewußt war.«

»Aber doch nicht bei einem Ritter von Solamnia. Außerdem, wie Ihr schon sagtet, man weiß bereits über Euch Bescheid, über jeden einzelnen Mann. Also«, fuhr Pedoon fort, »ich denke, wir könnten nun in mein Lager gehen, Ihr und ein paar Wachen. Ich verpfände meine Ehre und die aller meiner Männer darauf, dazu das Blut jedes Eidbrechers, daß Euch oder Euren Begleitern kein Schaden zugefügt wird.«

Pirvan wußte nicht recht, welchen Gewinn er von einem Gespräch mit Pedoon davontragen würde. Aber wenn der Hauptmann der Gesetzlosen der Meinung war, daß er Pirvan sein Leben verdankte, sprach das erheblich gegen Verrat, ob durch Oger oder durch Menschen. Deshalb hatte Pirvan auch wenig zu verlieren.

»Ich nehme an – unter zwei Bedingungen.«

»Und die wären?« In Pedoons Stimme schwang wieder Argwohn mit.

»Ich gebe zuerst meinen Männern am anderen Ufer ein Zeichen, damit sie nicht morgen früh herüberkommen, um Blut zu rächen, das ihr nicht vergossen habt. Außerdem soll unsere Heilerin, die Herrin Rubina, meine Frau untersuchen und mir versichern, daß sie nicht ernsthaft verletzt ist.«

Und wenn sie es doch ist, ist die Schuld dafür nur mit Blut zu begleichen, fügte er in Gedanken hinzu.

»Einverstanden.«

Das brachte alle in Bewegung. Zwei Soldaten zündeten Fackeln an und liefen zum Fluß, um ihren Kameraden auf der anderen Seite Signale zu geben. Pirvan wies sie an, die Nachricht zu übermitteln, daß er mit einem mächtigen Anführer dieser Gegend verhandelte, der ehrenhaft schien. Wenn sie bis morgen mittag nichts von ihm hörten, hatte Birak Epron das Kommando über die Truppen und sollte über ihr weiteres Vorgehen entscheiden.

Bis die Fackeln am anderen Ufer geschwenkt wurden, hatte Rubina bereits einige Zeit neben Haimya gekniet und ihre Hände über das Gesicht der bewußtlosen Frau gleiten lassen, Herz und Atmung überprüft, Haimyas Augen geöffnet und wieder geschlossen und ihr in den Mund gesehen wie ein Pferdekäufer, der befürchtet, an einen Roßtäuscher geraten zu sein.

Schließlich erhob sie sich. »Das war eine kräftige Dosis Phylowurz. Habt Ihr es ihr eingeflößt, oder habt Ihr ihr ein Tuch vor Mund und Nase gepreßt?«

»Letzteres, und meine Kratzer beweisen, wie sehr sie sich gewehrt hat«, antwortete Pedoon.

»Du hast Glück, daß du nicht mehr abbekommen hast«, sagte Pirvan. »Also gut. Was bewirkt das Gift?«

»Nicht viel außer einem tiefen Schlaf«, antwortete Rubina. »Jedenfalls steht es so in den Büchern. Ich sehe keinen Hinweis auf andere Verletzungen, aber ich würde vorschlagen, daß man Haimya einfach schlafen läßt, bis das Mittel von ihrem Körper auf natürliche Weise abgebaut wird. Ich könnte sie mit einem bescheidenen Spruch aufwecken, aber sie wäre zu benommen für ernsthafte Gespräche, womöglich sogar zu benommen zum Gehen. Wie ein Betrunkener nach dem zehnten Becher.«

Diese Vorstellung sagte Pirvan wenig zu. Er würde ohne Haimyas Beistand mit Pedoon verhandeln müssen, und Rubina war da nur ein armseliger Ersatz. Doch Klagen über das, woran man nichts ändern konnte, hatte ihm schon sein Vater mit Prügeln ausgetrieben, noch bevor er überhaupt von den Rittern von Solamnia gehört hatte – oder höchstens als ferne, gottgleiche Krieger, die ein Stadtkind wie er niemals zu Gesicht bekommen würde.

»Wir haben bis morgen mittag Zeit, über alle offenen Fragen zu verhandeln«, sagte Pirvan. »Ansonsten weiß ich nicht, was ein erfahrener Hauptmann wie Birak Epron aushecken mag, aber ich bezweifle, daß es euch gefallen würde.«

Pedoon nickte ruckartig, zog den Speer aus dem Boden, legte ihn über die Schulter und bedeutete dem Rest seiner Männer, ihm zu folgen. Pirvan, Rubina und drei ihrer Krieger reihten sich hinter ihnen ein, und nach fünfzig Schritten war die Prozession vom Flußufer aus bereits nicht mehr zu sehen.

Waydol trainierte gerade mit den Cesti, als Dahrin den Pfad zur Hütte des Minotaurus hinaufstieg.

Die verstärkten Stachelhandschuhe waren schon heimtückisch genug, wenn sie Menschenhände bedeckten. An den Riesenhänden eines Minotaurus wurden sie ungeheuerlich. Waydol übte an einem in Leder gewickelten Baumstamm, der an schweren Lederriemen von einem Baum hing. Das Leder wies bereits Risse auf, und noch während Dahrin zusah, löste sich ein weiterer Fetzen, und das Holz splitterte.

Aber schließlich war Waydols Kraft schon immer etwas gewesen, das Dahrin als Teil seiner Natur hingenommen hatte. Er hatte einmal mitangesehen, wie der Minotaurus einem Meuterer das Rückgrat gebrochen hatte, indem er ihm – noch nicht einmal mit voller Kraft – auf den Hinterkopf geschlagen hatte. Waydol hatte schon Ambosse gehoben, die zwei starke Männer kaum von der Stelle bekamen, hatte ein Fünf-Mann-Boot auf den Schultern getragen und mehrere andere Proben seiner Kraft gegeben, die weit über das hinausgingen, was man von einem sterblichen Wesen erwarten konnte.

Mit der Linken unternahm Waydol ein Täuschungsmanöver, dann schlug er mit der Rechten zu, so daß zwei Lederriemen rissen. Dann erst bemerkte er seinen Erben. Er drehte sich um, band die Cesti los, warf sie auf die Bank und gab Dahrin einen Wink, ihm Wasser zu bringen.

»Du blutest«, stellte Waydol fest, nachdem er getrunken hatte. Er schwitzte heftig. Dahrin wußte, daß die meisten Menschen die Ausdünstung eines Minotaurus so übelriechend fanden wie Gossenzwergunrat, aber ihm erschien sie wie immer normal.

Dahrin rieb sich die linke Halsseite mit den Fingern. »Ja, tatsächlich. Einer von den Raufbolden muß mich versehentlich geschnitten haben. Er schneidet jetzt jedenfalls niemanden mehr, weder mit diesem Messer noch mit etwas anderem, bis Sirbones seinen Arm geheilt hat. Einer seiner Kameraden hat ihn ihm gebrochen, um für Frieden zu sorgen.«

»Gut«, sagte Waydol. »Aber so etwas dürfte erst gar nicht vorkommen.« Als Dahrin die Stirn runzelte, lachte der Minotaurus. »Nein, nicht daß ich an dir zweifle. Würde ich das tun, so wäre ich selbst heruntergekommen und hätte für Ordnung gesorgt. Du hast deine Sache gut gemacht, aber so etwas sollte eigentlich nicht nötig sein.«

Dahrin mußte Waydol recht geben. Das Zusammentrommeln von Gesetzlosen und Räubern im Nordland verlief recht erfolgreich, jedenfalls wenn man nur die Zahlen betrachtete. Große und kleine Banden trafen ein, dazu viele einzelne Männer, von denen einige ihr Dorf sichtlich zum Wohl der übrigen Dorfbewohner verlassen hatten. Manche dieser Männer waren bereits desertiert, ein paar waren zweifelsfrei Spione, und viel zu viele waren es schon lange gewöhnt, ohne Recht und Ordnung zu leben. Es hatte bereits Prügeleien und Messerstechereien um Wein, Frauen und Quartiere gegeben – nicht so viele, wie Dahrin befürchtet hatte, aber schon ein Zwischenfall war einer zuviel. Noch war niemand gestorben, aber das war nur ihrem Glück und Sirbones Heilkünsten zu verdanken. Und ihr Glück konnte sie jederzeit verlassen.

Im Augenblick schien Waydols Bande in nicht geringer Gefahr zu schweben, an ihrem eigenen Erfolg zu ersticken – wie eine Schlange, die ein zu großes Schwein zu verschlingen sucht.

Dahrin leckte sich über die trockenen Lippen. Er würde sich nun sehr weit vorwagen, aber allerletzte Auswege mußten besprochen werden, bevor sie nötig wurden. »Wir könnten den Norden um Hilfe bitten«, sagte er. »Deine Heimat«, fügte er hinzu, für den Fall, daß Waydol seine Bemerkung nicht gleich verstanden hatte.

Der Minotaurus starrte ihn an. Einen Augenblick sah er aus, als würde er, von einer Langaxt getroffen, seinem Erben gleich vor die Füße fallen. Dann lachte er leise und umarmte Dahrin so sanft, daß seine Umarmung nicht einmal einer Hauskatze Schmerzen bereitet hätte, geschweige denn einem gestählten Krieger. »Im Augenblick komme ich mir fast vor wie ein Gott. Ich habe dem Körper eines Menschen die Seele eines Minotaurus eingepflanzt. Glaubst du wirklich, es ist an der Zeit, daß wir mein Volk nach Süden holen, damit es uns gegen deines beisteht?«

»Wenn es keinen anderen Weg gibt und unsere Armee aus den alten Bandenmitgliedern und den neuen Rekruten sonst auseinanderfällt wie Brot in heißer Suppe ... Sie werden sich prügeln und den Gehorsam verweigern ...« Dahrin konnte nicht weitersprechen. Er schüttelte den Kopf, aber auch das brachte weder seine Gedanken noch seine Zunge wieder in Bewegung. Schließlich platzte er heraus: »Wir haben ihnen versprochen, sie gut zu führen – und das müssen wir dann auch tun. Wenn wir dazu andere Minotauren brauchen, dann ist das eben so.«

Waydol setzte sich auf die Bank. Es knirschte leise, dann kam ein scharfes Knacken, und sie brach entzwei. Der Minotaurus rappelte sich wieder auf und betrachtete die Bruchstücke. »Wie gut, daß niemand hier an Omen glaubt.« Er hob mit jeder Hand eine Hälfte der Bank auf und warf beide Teile auf den Stapel Feuerholz hinter der Hütte. »Ich schätze dich sehr, mein Erbe, aber ich muß dich auch bitten, über etwas nachzudenken. Nur wenige Minotauren würden dem Hilferuf von einem folgen, dem man nachsagt, er hätte seine Ehre verloren. Jeder von diesen hätte die Hoffnung, diese Bande an meiner Stelle zu übernehmen. Im Vergleich zu dem, was wir dann erleben würden, wären alle derzeitigen Raufereien und Prügeleien harmloser Kinderkram. Außerdem würde ohnehin niemand kommen, sofern ich nicht selbst mit der Botschaft nach Norden reise. Damit müßte ich dir die Aufgabe überlassen, unsere Bande davon abzuhalten, sich in ein Rudel wilder Hunde zu verwandeln.«

»Das könnte ich machen, wenn es nötig wäre.«

»Ich werde dir vertrauen, wenn die Zeit gekommen ist, aber ich glaube, meine Wege und die der Bande trennen sich allmählich. Früher oder später muß ich nach Norden zurückkehren und von den Stärken und Schwächen der Menschen berichten. Mehr von ersteren als von letzteren, würde ich sagen. Und ich erwarte nicht, daß ich noch lange lebe, wenn ich diese Wahrheit erst einmal ausgesprochen habe. Alle, die uns folgen, müssen dieses Land jedoch sicher verlassen können und außer Reichweite von Istar gelangen, falls dies überhaupt möglich ist. Wir müssen zusammenarbeiten, bis das gewährleistet ist. Dann wirst du zurückbleiben und die Männer führen müssen, während ich eines der Boote nehme und nach Norden fahre.«

»Allein?«

»Man könnte ein großes Schiff mit Leuten bemannen, die allein von hier aus bis an die Küste der Minotauren oder von dort hierher gesegelt sind. Bei gutem Segelwetter und mit einem anständigen Boot ist das kein großes Wagnis.«

»Wollen wir demnach jetzt anfangen, über unseren Rückzug nachzudenken?« fragte Dahrin. »Du hast die Zwergenreiche erwähnt.«

»Ja, aber das war, bevor ich mit Pertig Temperer gesprochen hatte. Er sagt, daß die Zwerge uns vielleicht nicht einlassen, aber wenn sie das tun, würden sie uns nicht freiwillig wieder herausgeben. Er befürchtet, daß Istar einen Krieg gegen Thorbardin vom Zaun bricht, wenn die Zwerge uns aufnehmen.«

»Einen solchen Krieg möchte ich ungern auf dem Gewissen haben«, sagte Dahrin.

»Ich ebensowenig«, bestätigte Waydol und trank den Wasserkrug aus. »Gib mir bitte Bürste und Kamm.« Er begann, sich zu striegeln, obwohl selbst Dahrins abgehärtete Nase der Meinung war, daß der Minotaurus eigentlich ein Vollbad gebraucht hätte.

»Außerdem beherrschen wir hier von der Festung aus wenigstens ein Gelände, von dem man uns nicht so leicht vertreiben kann. Selbst Istar würde uns wohl lieber davonkommen lassen, als den Blutzoll eines Kampfes bis zum bitteren Ende zu zahlen. Und es gibt ja noch andere Leute, die weniger stur sind als die Zwerge.«

Dahrin war sich nicht sicher, wen Waydol damit meinte, falls er sich nicht gerade auf die Kender oder die Gossenzwerge bezog. Aber der Minotaurus hatte recht. Hier in der Festung konnten sie, ob mit oder ohne Prügeleien, alles weitere abwarten, und zwar zu einem Preis, den sie bezahlen konnten.

Als sie Pedoons Lager erreichten, war Haimya wach, konnte aber nur lächeln und Pirvan die Hand drücken.

Das Lager sah aus, als hätte man es in den letzten paar Tagen hastig erweitert, um viele Neuankömmlinge unterzubringen. Dennoch beherbergte es nicht mehr als fünfzig Mann, soweit Pirvan dies überblicken konnte. Wenn man noch einmal halb so viele auf Wache vermutete, bedeutete dies weniger als hundert, selbst wenn man die Frauen mitzählte und die Kinder, die alt genug waren, um Steine zu werfen oder einen Speer zu heben.

Ein leichtes für Pirvans Soldaten, hätte die Springflut nicht einen Gutteil ihrer Waffen und ihrer Ausrüstung auf den Grund des Flusses befördert – mitsamt zwanzig ihrer Kameraden. Im Augenblick stellte die zerlumpte Truppe für Pirvans Marsch eine echte Gefahr dar, falls Pedoon es darauf ankommen lassen wollte.

Anscheinend wollte er das nicht.

»Wir haben beide dasselbe Ziel«, erklärte der Halboger. Er reichte Pirvan etwas, das wie Brot aussah, und einen Klumpen, der höchstwahrscheinlich Salz war. Pirvan kostete von beidem, was zwar nicht jeden Zweifel ausräumte, doch immerhin die Männer um ihn herum dazu brachte, sich zu entspannen.

»Und das wäre?« fragte Pirvan, nachdem er etwas getrunken hatte, um den Salzgeschmack loszuwerden.

»Waydols Festung«, sagte Pedoon.

»Warum hast du dann ...?«

»Sir Pirvan, haltet Ihr mich für einen Narren? Ich weiß, daß Ihr vorhabt, Waydol zu ködern. Das stört mich überhaupt nicht. Ich habe nur überlegt, wie wir in dieser Hinsicht zusammenarbeiten könnten.«

»Verzeihung, ich verstehe nicht ganz«, sagte Pirvan, obwohl ihm durchaus nicht nach einer Entschuldigung zumute war. Er fand es jedoch ratsam, lieber zuzuhören als zu reden.

Seine Geduld wurde belohnt. Pedoon erklärte, er hätte über hundert Waldbewohner unter sein Banner geschart, die meisten davon Menschen oder Ogermischlinge. Er wollte sie nach Norden zu Waydols Festung führen, aber er fürchtete rivalisierende Banden und auch die berittenen Patrouillen von Aurhinius.

»Aber wenn wir gemeinsam marschieren, Sir Pirvan, wären wir so stark, daß andere Banden uns nicht angreifen würden. Und wenn die Istarer sehen, daß ich einem Ritter von Solamnia, einem eingeschworenen Verbündeten von Istar, einen Eid geleistet habe, lassen sie uns vielleicht in Ruhe.«

Pirvan hatte seinen Rang als Ritter der Krone nicht erhalten, um Gesetzlosen als Schild zu dienen. Aber wenn er es diesmal zuließ, befreite er das Land von diesen Leuten und konnte sowohl sie als auch seine Soldaten friedlich nach Norden bringen. Das erschien ihm recht ehrenwert.

Dennoch lag in der Art, wie Pedoon von Waydol sprach, etwas, das Pirvan auf der Hut bleiben ließ. Er stand auf und wischte sich Ruß und Dreck von der Hose. »Ich möchte ein Weilchen allein darüber nachdenken. Bin ich in Gefahr, solange ich innerhalb deines Postenrings bleibe?«

Pedoon zog aus einem Beutel an seinem Gürtel einen Lumpen, der einst weiß gewesen sein mußte – etwa zu der Zeit, als Pirvan seinen ersten Zahn bekommen hatte. »Schlingt Euch dies um den Kopf, dann ist es ein Zeichen für Frieden zwischen uns.«

Der Lumpen war nicht nur schmutzig, sondern stank auch entsetzlich. Nun, der Gestank würde vielleicht immerhin Insekten fernhalten, und wenn der Lumpen selbst Pfeile und Speere von aufbrausenden Wachen abhielt … »Ich danke dir, Pedoon.«

Vom Deck der *Windschwert* aus gesehen, schienen graue Wassermauern den Horizont so zu verbergen wie die grauen Wolken den Himmel. In der Nacht zuvor war das Schiff an einer Küste entlanggesegelt, an der sich öde Landzungen, terrassierte Hügel und bewaldetes Land abwechselten. Jetzt schien es in einer Welt zu sein, die nichts außer Wind und Wasser enthielt.

Da ihn keine Pflichten an Deck hielten, stieg Jemar der Schöne in seine Kabine hinunter. Eskaia lag im Bett, und Delia saß auf dem Teppich davor. Offenbar lauschte sie an einem Ende ihres Stabs wie an einem Hörrohr. Das andere Ende lag auf Eskaias Bauch.

Da er befürchtete, in weibliche Mysterien eingedrungen zu sein, wollte Jemar sich wieder zurückziehen.

»Nein, bleib«, rief Eskaia. »Sie ist fast fertig.«

»Fertig womit?« Jemar war ziemlich kurz angebunden. Schlechtes Wetter in solcher Küstennähe machte ihn immer unruhig. Sie hatten reichlich Bewegungsfreiheit, solange der

Wind nicht umschlug, aber das konnte vorkommen, und die hiesige Küste zeigte sich im Lee von ihrer schlimmsten Seite.

»Ich höre dem Baby zu«, sagte Delia. »Nicht mit meinen eigenen Ohren, sondern mit einem Zauber, der an meinen Stab gebunden ist.«

»Ach?« sagte Jemar. »Und was erzählt Euch das Baby?«

»Nicht viel, nur daß es ihm gut geht«, erwiderte die Frau. »Es ist noch nicht soweit, daß ich das Geschlecht erkennen oder sein Herz schlagen hören könnte.«

»Das ist nicht unser erstes Kind«, stieß Jemar hervor. »Bitte behandelt mich also nicht als Schwachkopf.«

»Väter sind selten mehr als das«, raunte Delia, aber Eskaia drückte ihre Hand so fest, daß sie die scharfen Worte durch ein Lächeln abmilderte.

»Ich bin Seemann«, sagte Jemar. »Als Väter sind wir gewöhnlich in der Nähe, wenn der Kiel gelegt wird, aber Bau und Stapellauf bleiben für uns gewöhnlich Mysterien. Seid Ihr fertig?«

»Ja«, sagte Delia und gab sich Mühe, den Rückzug würdevoll und ruhig anzutreten.

»Ich dachte, eine miesepetrige Hebamme wäre schlecht für das Kind«, sagte Jemar, als die Kabinentür sich hinter ihr geschlossen hatte.

»Oh, sie hatte einfach schon mehr als genug Ärger mit Vätern, die keine neuen Erkennungsmethoden auf ihre Kinder angewandt wissen wollen«, erwiderte Eskaia. »Aber dem Baby geht es gut. Ich muß es wissen, ich habe schließlich drei Kinder geboren, und mir geht es noch besser. Darf ich an Deck kommen?«

»Nein.«

»Wegen dieses harmlosen Sturms?«

»So dicht an der Küste sind die Wellen kurz und steil, und das Schiff bewegt sich ruckartig.«

»Ich erinnere mich, auch über das Deck gelaufen zu sein, als der Wind die Wellenkanten abriß und auf das Schiff schleuderte. Natürlich, die Männer haben mich angesehen, als ob ich verrückt wäre ...«

»Das warst du auch, und einer von diesen Männern war ich. Jeder Augenblick deines ›Luftschnappens‹ war mir eine Qual. Außerdem warst du da noch nicht so weit wie jetzt.«

»Na schön. Ich werde ganz brav und zurückgezogen leben – unter einer Bedingung.«

Jemar seufzte. Eskaia war nicht umsonst die Tochter eines meisterlichen Händlers, wie Jemar schon am eigenen Leib erfahren hatte – und wie es auch die Rivalen und Feinde von Eskaias Vater auf noch viel schmerzhaftere Weise erfahren hatten. Es hatte Zeiten gegeben, zu denen Jemar dachte, daß Eskaia als Ratgeberin besser gewesen wäre denn als Frau, aber mit den Jahren waren diese Momente seltener geworden. »Und die wäre?«

»Du bist ab sofort Delia gegenüber freundlich. Und wenn sie jemanden aus der Mannschaft anfährt, der sie frech angesehen hat, dann laß sie. Sonst bekommst du eine wirklich miesepetrige Hebamme, die zwar nicht dem Baby schaden wird, aber mich ganz sicher zur Weißglut bringt.«

Jemar seufzte nicht noch einmal, sondern lächelte, wenn auch etwas wehmütig. Das Leben mit Eskaia hatte ihn vieles gelehrt, auch die Erkenntnis, wann man eine Niederlage mit Würde hinnehmen mußte.

Der Wald hüllte Pirvan in tiefste Finsternis, und in seiner Seele sah es noch finsterer aus. Diese Reise schien ihn sehr weit von dem wegzuführen, was er ursprünglich beabsichtigt hatte. Auch vom ehrenhaften Leben eines Ritters.

Das Urteil über seine Ehre würde er Paladin und seinen Ritterbrüdern überlassen, nachdem er sein Bestes gegeben hatte. Aber das Erreichen des eigentlichen Ziels seiner Reise in dieses Land – die Bedrohung durch den Minotaurus zu beenden, ehe

Istar dies tat, indem es einen Krieg anzettelte – konnte er nicht zukünftigen Richtern überlassen. Soweit er das überschauen konnte, hatten er und seine Männer zwar einen großen Teil des Landes durchquert, waren ihrem Ziel aber kaum nähergekommen.

Jetzt hörte er in der Finsternis hinter sich die Schritte, auf die er gewartet hatte. Gleich darauf erkannte er an dem schweren Tritt, daß es nicht Haimya war, die wieder ganz bei sich war und ihm beistehen wollte.

Statt dessen kam Pedoon, auf den er ebenfalls gehofft hatte. Der Halboger verkürzte seine Schritte und lief neben dem Ritter her.

»Habt Ihr Befehle bezüglich Waydol, über die Ihr mit mir sprechen könnt?« fragte Pedoon.

Pirvan zuckte mit den Schultern. »Es gibt ein paar Geheimnisse, aber die ändern nichts an dem, was ich dir erzählt habe.«

Nach kurzem Schweigen nickte Pedoon. »Aber – gibt es ein Gesetz oder einen Brauch, der besagt, daß Ihr keine Beute machen dürft?«

Pirvan vermutete, daß dieses Gespräch eine Richtung einschlagen würde, die er – legte man den Maßstab streng aus – nicht ehrenvoll weiterverfolgen durfte. Allerdings war er im Umkreis von mehreren Tagesmärschen der einzige Ritter von Solamnia, der über Ehre oder Unehre entscheiden konnte. Und für seine eigene Ehre wie auch für die Ehre der Ritter war es sehr wichtig, seine Männer in Sicherheit zu wissen. »Es hat wenig Sinn, etwas aufzuteilen, das man noch nicht errungen hat. Das wissen selbst die Gelehrten.«

»Ich bin kein Gelehrter, Herr Ritter. Nur ein alter Gesetzloser, den Ihr einst verschont habt. Bin ich es heute nicht wert, auch nur angehört zu werden?«

Pedoon klang, als würde er gleich weinen, und die Müdigkeit in seiner Stimme schien echt. Pirvan versetzte ihm einen leichten Knuff an die Schulter. »Es tut mir leid. Ich glaube, mein Verstand ist mit meiner Provianttasche den Fluß hinuntergetrieben.«

»Macht nichts. Also, ich habe mir folgendes überlegt: Wenn wir unsere vereinte Truppe in Waydols Lager bringen, können wir dort die stärkste Kraft sein. Ich habe gehört, daß nicht alle mit Waydol zufrieden sind. Wer könnte das Problem besser lösen als wir? Denn wenn Waydol von Männern unter der Führung eines Ritters von Solamnia gestürzt wird, haben wir alle uns die Beute und freies Geleit verdient, und keiner kann etwas gegen uns sagen.«

Das erste, was Pirvan durch den Kopf schoß, war Bedauern darüber, daß er Pedoon zehn Jahre zuvor verschont hatte. Dann kam ihm aber gleich der Gedanke, daß dies ungerecht war; was wußte er schon vom Leben eines Gesetzlosen in einer Welt, die viel rauher war als die Straßen von Istar oder der Städte seines Reiches?

Sein dritter Gedanke war, daß er einen Weg finden mußte, Pedoon ohne ein Zerwürfnis von seinem Plan abzubringen. Er überlegte schweigend und spürte schon Pedoons Ungeduld, noch ehe er eine Lösung gefunden hatte.

»Es kommt mir vor, wir schätzen das Kalb, bevor die Kuh zum Bullen geführt wurde«, sagte Pirvan langsam. »Erst einmal müssen wir unsere Männer sicher zu Waydols Lager bringen, an Banden von Gesetzlosen, Istars Patrouillen, über die Ufer tretenden Flüssen und wer weiß, vielleicht auch Erdbeben, Waldbränden und Horden von Stechfliegen vorbei! Außerdem müssen wir sichergehen, daß die Unzufriedenheit unter Waydol auch wirklich besteht und nicht nur ein Gerücht ist. Der Minotaurus hält seine Bande zusammen, seit ich ein junger Mann war. Das deutet auf einen außergewöhnlichen Hauptmann hin. Sich gegen ihn zu wenden, könnte eine große Torheit sein. Und drittens, selbst wenn es Unzufriedene gibt, könnte es dennoch ratsamer sein, Waydol zur Seite zu stehen. Wenn er aus einer starken Position heraus verhandeln möchte und ich ihn mit meiner Stärke stütze, könnte das für uns alle das Beste sein. Wenn du wählen müßtest – die Beute oder den Verlust deiner Männer durch Istars Gerechtigkeit oder den Hungertod, was würdest du wählen?«

»Meine Männer natürlich«, sagte Pedoon, und Pirvan konnte aus der Stimme des Halbogers keine Unwahrheit heraushören. »Wir leben schon lange gemeinsam in den Wäldern, Herr Ritter. Zu lange, glaube ich. Wie soll man das beenden …«

Pirvan legte Pedoon eine Hand auf die Schulter. »Mit den Trupps ist es wie mit Köpfen: Zwei sind immer besser als einer, möchte ich meinen. Kehren wir ins Lager zurück und vertagen das Gespräch.«

Was nicht heißt, daß ich nicht mit Haimya reden werde, fügte er in Gedanken hinzu. *Wir müssen Pedoon genau im Auge behalten, wenn wir Waydols Lager näherkommen. Verrat ist wie eine Schlange mit vielen Köpfen: Selbst wenn man ihr einen abhackt, können die anderen immer noch beißen.*

Der Bote, der Aurhinius den Brief brachte, kam auf einem schweißnassen Pferd angeritten. Er sprang vom Pferd, stürzte zum Zelt des Generals und warf sich regelrecht durch den Eingang, um vor Aurhinius auf den Knien zu landen.

Aurhinius bedankte sich bei dem Boten und gab Befehl, sich um ihn und sein Pferd gebührend zu kümmern. Er hatte es jedoch nicht eilig damit, den Brief zu öffnen.

Seiner Erfahrung nach hing die Eile, mit der eine Botschaft geschickt wurde, weniger von ihrer Wichtigkeit ab als vielmehr vom Rang des Befehlshabers, an den sie geschickt wurde. Eine Botschaft an jemanden von Aurhinius' Rang flog immer wie der Wind, selbst wenn es nur eine Einladung zum Fest eines wichtigtuerischen Gelehrten war, der seine neue Theorie zum Ursprung der Kender feierte.

Dennoch plagte Aurhinius nach einem halben Becher Wein

die Neugier. Also öffnete er den Brief – und stieß einen langen, zischenden Atemzug aus.

»Schlechte Nachrichten, Herr?« fragte sein Sekretär.

»Jedenfalls keine Lappalie, aber ob die Nachricht gut oder schlecht ist, wird sich erst herausstellen.« Aurhinius legte den Brief hin und strich ihn glatt. »Offenbar hat man Schiffe von Jemar dem Schönen vor der Küste gesichtet. Mindestens acht, vielleicht auch mehr. Der Bericht wurde vor zwei Tagen verfaßt. Seit dem Aufkommen des Sturms hat man sie nicht mehr gesehen.«

»Jemar«, meinte der Sekretär nachdenklich. »Ist das nicht der, der irgendwo eingeheiratet hat –?«

»In das Haus Encuintras. Genau der. Was bedeutet, daß man ihn gemeinhin nicht gerade als Feind von Istar bezeichnen kann. Aber er ist trotzdem ein Seebarbar, und als solcher auch kein Feind von Gesetzlosen wie Waydol. Solange es keinen Streit um die Aufteilung der Beute gibt«, fügte Aurhinius hinzu.

Der Sekretär lachte pflichtschuldig. »Soll ich den Brief verwahren, oder möchtet Ihr, daß ich sofort eine Erwiderung abfasse?«

»Verwahre ihn, aber ich möchte ihn gleich morgen früh beantworten«, sagte Aurhinius. Er stand auf und blies die Kerze auf seinem Feldtisch aus.

Trotz der Bequemlichkeit seines Feldbetts, einem Geschenk seiner verstorbenen Frau, konnte Aurhinius zunächst nicht zur Ruhe finden. Der Sturm, der Jemars Schiffe vor Spähern an der Küste verbarg, würde auch der Flotte von Istar entgegenblasen, die sich auf See befand. Gleichgültig, ob Jemar es mit Istar gut oder schlecht meinte, er würde seine Pläne wahrscheinlich ohne Widerstand durchführen können.

Außer, der Widerstand kam aus unnatürlichen Quellen. Die Gerüchte aus dem Umland von Istar waren längst bis ins Lager vorgedrungen. Aurhinius war jedoch sowohl Gerüchten als auch Magie gegenüber zu skeptisch, um auch nur die Hälfte davon zu glauben.

Aber was würde geschehen, wenn der Feldzug durch ein magisches Duell auf hoher See entschieden wurde? An Land hatten ähnliche Duelle schon zu katastrophalen Folgen geführt. Aurhinius konnte sich nicht erinnern, jemals von einem auf See gehört zu haben.

Doch Zeboim war die Tochter der Königin der Finsternis persönlich – und die von Sargonnas, dem Gott der Rache. Ob Kleriker, Zauberer oder Magier – unabhängig von der Bezeichnung war jeder, der in Zeboims Namen ungehindert mit Sprüchen um sich warf, zu fürchten, selbst wenn er behauptete, einem beistehen zu wollen.

Genau wie jene Mächte, die ihn schickten.

Aurhinius betete nicht, aber er hoffte, daß auch Jemar magische Unterstützung hatte. Ansonsten würden die Ozeane nicht nur ein Duell miterleben, sondern ein Massaker, wenn Jemar auch nur die kleinste feindselige Geste machte.

Immerhin wußte Aurhinius jetzt, wie seine Antwort auf den erhaltenen Brief lauten würde: »Jemar der Schöne ist nicht anzugreifen und nicht zu behindern, solange er sich nicht feindselig verhält.« Mit dieser Botschaft im Kopf sank er schließlich in den Schlaf.

Kapitel 3

Der Sturm im Norden betraf viele der Teilnehmer an dem Schauspiel, das die Geschichtsschreiber später als Waydols Krieg bezeichnen sollten.

Obwohl der Sturm nicht zu Orkanstärke anschwoll, zwang er sowohl Jemars Schiffe als auch die Flotte von Istar aufs offene Meer hinaus. »Die Wellen kennen Gnade, aber die Klippen nicht«, dachten die Männer an Bord beider Flotten.

Tarothin hatte auf der *Stolz der Berge* viel zu tun, weil die Seekrankheit sich wieder auf dem Schiff ausbreitete. Diesmal jedoch war die Kombüse fast leer, und es gab kaum noch Wasser, das nicht schon grün war und faulig schmeckte.

Er tat jedoch sein Bestes, mischte heißes Wasser und ein paar Gewürze zu einem Gebräu, das noch schlimmer schmeckte und roch als sein erster Trank. Die Brühe war so ekelerregend, daß viele der Seekranken es vorzogen, schleunigst von allein gesund zu werden, um sie nur nicht trinken zu müssen. Den anderen schadete sie nicht.

Die See setzte auch Amalya, Eskaias persönlicher Zofe, stark zu. Sie brach, grün im Gesicht, stöhnend zusammen, so daß Delia nun Zofe, Hebamme und Heilerin zugleich war. Damit war sie beschäftigt und kam Jemar nicht in die Quere. Und wenn Eskaia sah, wie Delia Matrosen behandelte, die von Seilen aufgeschürfte Hände, verrenkte Knöchel und hin und wieder sogar gebrochene Handgelenke oder Kopfwunden hatten, wurde ihr die Macht der See bewußt, und sie war eher bereit, in ihrer Kabine zu bleiben.

Aurhinius hatte entschieden, daß nur sein persönliches Kommando gewährleisten konnte, daß die Flotte richtig genutzt wurde, ob im Frieden oder im Krieg. Deshalb ritt er so eilig nach Norden, wie der Bote nach Süden geritten war. Er landete in einem armseligen Fischerdorf, das auf keiner Karte verzeichnet war und einen Namen trug, den Aurhinius weder buchstabieren noch aussprechen konnte.

Doch anstelle eines Schiffes, das ihn zur Flotte hätte hinausbringen können, erwartete ihn ein Orkan, der alle im Hafen zurückhielt oder aber weit vor die Küste hinausdrängte. Ein paar Tage saß er wetterbedingt in einer Fischerhütte fest. Er fürchtete die Folgen der Verzögerung, wußte, daß er hier nutzlos war und seine miserable Laune wahrscheinlich für alle um ihn herum eine schwere Prüfung darstellte.

Im Landesinneren marschierten währenddessen Pirvans Soldaten und Pedoons Gesetzlose auf matschigen Wegen nach Norden. Die Felder, die sie überquerten, ähnelten mitunter Sümpfen. Die Truppen trafen nicht mehr auf tödliche Flutwellen, aber angeschwollene Flüsse und weggespülte Brücken hielten sie ebenso auf wie der Schlamm. Zudem ruinierte das Wetter ihre Kleider und Schuhe und erschwerte die langen Märsche mit leerem Magen so sehr, daß selbst aus den Reihen der Soldaten einige desertierten. Ein paar von Pedoons Männern brachen einfach zusammen und wurden zurückgelassen, auf daß sie nachkamen, sobald sie konnten.

Pirvan und Birak Epron versuchten ihre Männer nach Kräften zusammenzuhalten. Außerdem hörte man jeden Abend nach dem Anhalten das kratzende Geräusch von Messern mit denen Holz bearbeitet wurde. Gerade Äste oder Schößlinge wurden zu Speeren, Lanzen oder Piken verarbeitet, je nach ihrer Länge und den Vorstellungen dessen, der sie abhackte. Ein paar wurden sogar in einfache Bögen verwandelt, die mit Hirschsehnen bespannt wurden.

Durch einen glücklichen Zufall fanden sie eine einsam gelegene Schmiede, die sich als Schatzgrube für Metallreste erwies, welche man zu Speerspitzen und sogar zu Axtklingen verarbeiten konnte. Nach dem Bezahlen war das Silber der Ritter nahezu verbraucht, doch nun würden sich Pirvans Männer immerhin gegen Verrat von Seiten Pedoons und seiner Bande zur Wehr setzen können.

Außerdem machte das Wetter neugierige oder feindselige Augen blind, sofern deren Besitzer nicht ohnehin im Haus oder an geschützten Orten blieben. Niemand konnte die schlechte Bewaffnung von Pirvans Männern ausnutzen, weil sie ohnehin kaum jemand zu sehen bekam. Es gab Tage, an denen Nebel, Regen und Wind die Welt so undurchsichtig machten, daß Pirvans Männer in Lendenschurzen und mit Weidenruten hätten herumlaufen können – sie wären immer noch so sicher gewesen wie ein Neugeborenes in seiner Wiege.

Was die Diener der Zeboim mit diesem Wetter zu tun hatten, wußte niemand, und es sprach auch niemand mehr davon.

Sie erreichten Waydols Festung und Lager am ersten Tag, an dem der Himmel wieder ein wenig Blau zeigte.

Pirvan hatte an den Seevögeln über ihren Köpfen erkannt, daß sie sich der Küste näherten. Er wußte auch, daß sie Waydols Festung näherkamen oder zumindest ein Land betreten hatten, in dem Krieg herrschte, nach dem zu urteilen, was sie in den letzten zwei Tagen gesehen hatten. Pfade, die von den Stiefeln vieler Männer breit und tief ausgetreten waren, Spuren ihres Durchzugs, einschließlich weggeworfener Kleider, Nahrungsreste, Abortgruben, armseliger Überreste von Bemühungen, ein Lagerfeuer anzuzünden, und zweimal unverbrannte Leichen.

Auf das Drängen seiner Männer hin, die sich eilig zum Grabschaufeln bereit erklärten, hatte Pirvan bei beiden Toten Halt gemacht und Rubina sogar ein paar Worte zur Ehre an den Gräbern sprechen lassen. Pedoons zusammengewürfelter

Haufen mochte seine Kranken zum Sterben zurücklassen, Pirvans Männer jedenfalls trugen sich gegenseitig oder sorgten zumindest für ein anständiges Begräbnis der Verstorbenen.

Am Wegesrand fanden Pirvan und seine Leute verlassene Höfe vor und auf einem davon ein halbverhungertes Pferd. Das diente Pirvan als Reittier, obwohl er es zuerst Rubina angeboten hatte.

»Ich kann nicht reiten«, hatte sie gesagt. »Außerdem habe ich diese hirnverbrannte Reise auf eigenen Füßen begonnen, und so will ich sie auch beenden, oder Ihr könnt auch mich beerdigen!«

Pirvan versprach Rubina für den Fall eine anständige Bestattung, nahm sich jedoch fest vor, sie nicht zu nahe an einer Quelle zu begraben, und bestieg sein Pferd.

Da sie nur ein Pferd hatten und Pirvan kein Kavallerist war, hätte es wenig Sinn gehabt, wenn Pirvan die berittenen Patrouillen gejagt hätte, die gelegentlich aus dem Grau auftauchten, die Truppen von weitem beobachteten und wieder verschwanden, als wären sie Geister – was Pirvan allerdings bezweifelte. Jedenfalls sahen sie nicht aus wie Männer aus Istar. Vielleicht hatte Waydol berittene Späher.

Schließlich, gegen Mittag, hielt eine der Patrouillen nicht mehr außer Reichweite ihrer Bögen an, sondern ritt direkt auf Pirvan zu. Ihr Anführer, ein Zwerg, der auf seinem Pferd eher hockte als ritt, winkte Pirvan einigermaßen höflich zum Gruß. »Ihr seid …?«

»Pirvan ohne Titel und Pedoon, mit ihren Männern, die sich das Wohlwollen von Waydol dem Minotaurus und seinem Erben erhoffen.«

»Pah. Keiner von beiden ist wohlwollend, wenn er dafür keine Gegenleistung bekommt. Seid ihr gekommen, um die anzubieten?«

»Wir sind gekommen, um unser Bestes zu geben«, meldete sich Pedoon zu Wort.

Der Zwerg antwortete mit einem mürrischen Blick, dann zuckte er mit den Schultern. »Na schön. Stellt euch hintereinander auf, sofern ihr das nicht schon getan habt, und folgt mir.«

Pedoons Männer brauchten eine Weile, bis sie diesem Befehl Folge leisten konnten, denn sie mußten noch einen Haufen Männer zusammensuchen, die vom Weg abgewichen waren. Pirvans Männer standen wenigstens alle zusammen und waren auf den Beinen, auch wenn einen Ausbilder der Ritter angesichts ihrer Aufstellung wahrscheinlich der Schlag getroffen hätte.

Als Pirvan die Zweierreihe Männer überblickte, faßte er neuen Mut. Die gemeinsam erlebten Härten und eine kluge Führung, von der Pirvan seiner Meinung nach einen anständigen Anteil für sich beanspruchen konnte, hatten aus einem Haufen Söldner eine starke, zähe Truppe von Kriegern gemacht, die sich diszipliniert und ordentlich verhielten und übereinander wachten, zumindest gegen Pedoons Bande. Bei ihrem Anblick würde Waydol Respekt vor ihren Anführern haben. Bei entsprechender Bewaffnung würden Pirvans Leute auch kaum umzubringen sein.

Da er es versäumt hatte, sich mit Sporen auszurüsten, konnte Pirvan sein Pferd nur mit Hilfe seiner Fersen und seiner Stimme vorwärtstreiben. Keines von beidem war jedoch besonders wirkungsvoll; das Pferd war nicht nur vom Sturm geschädigt, sondern auch halb verhungert.

Waydols Festung glich keineswegs dem, was Pirvan erwartet hatte. Es handelte sich um ein Lager hinter einer Palisade, das groß genug war, tausend Männer zu beherbergen. Um das Tor waren Feldschanzen angelegt. Außerdem war ein großer Teil der Palisade durch einen Graben geschützt, der nicht an einen Wasserlauf grenzte; daneben gab es Hütten, Zelte, Latrinen, Kochschuppen und vieles andere. In einem zweiten Kreis waren Stöße mit Feuerholz, Karren und sogar Ställe errichtet worden. Hier gab es bisher keinen Graben und nur eine halbe Palisade.

Waydols Ambitionen schienen gewachsen zu sein und seine Stärke ebenfalls. Und die Disziplin, die dazu gehörte, Banden von Gesetzlosen zu so viel Arbeit zu bringen, war beträchtlich, selbst wenn sie ohnehin sonst nichts anderes zu tun gehabt hätten.

Pirvan von Tiradot hatte eine erbärmliche Reise hinter sich, doch nun, am Ende derselben, sah er sich wenigstens einem würdigen Gegner gegenüber.

Der Zwerg mit dem Namen Pertig Temperer zügelte sein Pferd und zeigte in den Wald. »Da drüben liegt das eigentliche Herz von Waydols Stärke. Aber denkt nicht einmal daran, hineinzugehen, bevor ihr euch als vertrauenswürdig erwiesen habt.«

Wie wir das anstellen sollen, ist eine ernsthafte Frage, dachte Pirvan, *aber eine, die warten kann. Das Problem der Nahrung dagegen kann nicht warten.*

»Wie steht es mit euren Rationen?« fragte Pirvan. »Wenn meine Männer ihren Gürtel noch enger schnallen müssen, ist bald nichts mehr von ihnen übrig.«

»Wir haben Fisch und Getreidebrei«, sagte der Zwerg und wandte sich dabei an alle Männer zugleich. »Und jetzt möchten wir, daß ihr euch in Gruppen von fünfzig Mann aufteilt. Soviele passen in eine Hütte. Ihr müßt euch höchstwahrscheinlich noch eigene bauen, aber –«

»Wir sind zu weit gelaufen, um jetzt zu hören, daß wir noch mehr arbeiten sollen«, rief ein Mann aus Pedoons Reihen. Auch in Pirvans Truppe wurden die Köpfe zusammengesteckt, aber Haimya und Birak Epron warfen den Männern so finstere Blicke zu, daß keiner es wagte, den Mund aufzumachen.

»Ihr habt die Wahl«, sagte der Zwerg. »Jede Straße führt in zwei Richtungen. Wenn ihr jetzt umkehrt, seid ihr noch vor morgen früh außer Reichweite von Istar.«

Ein Seevogel über Pirvan stieß einen hohen, schrillen Schrei aus – der das Sirren eines Pfeils übertönte, welcher plötzlich in Pedoons linkem Auge steckte.

»Da, auf dem Holzstoß!« schrie Haimya, zog ihr Schwert und zeigte in die angegebene Richtung. Fünfzig Augenpaare sahen einen großen Mann von dem Holzstoß springen. In einer Hand hielt er einen Bogen.

»Halt!« brüllte Pirvan und gleich darauf auch Birak Epron, und ihre Männer rührten sich nicht vom Fleck.

Pedoon dagegen würde nie mehr Befehle erteilen oder auch nur hören. Pirvan sah zu, wie sein verbliebenes Auge glasig und starr wurde, bis es schließlich blind in den Himmel starrte. Pedoons Finger mit den scharfen Nägeln zuckten kurz, krallten sich in die Erde, dann durchlief ihn ein letzter Schauer, und er lag still.

»Schnappt euch den Mistkerl!« rief jemand aus den Reihen der Gesetzlosen. Diesmal nahmen fünfzig Stimmen den Schrei auf – und dann stürmte Pedoons Bande auch schon auf den einzelnen Mann am Tor des Lagers zu.

Pirvan rief seinen Männern Befehle zu und verfluchte sein Pferd. »Linke Reihe ans Tor! Haltet Pedoons Leute zurück, solange wir verhandeln. Rechte Reihe: Quadrat bilden.«

Wieder wiederholte Birak Epron Pirvans Befehle, wenn auch nicht dessen Bemerkungen über sein Pferd. Das Tier setzte sich langsam in Bewegung, taumelte ein paar Schritte vorwärts, dann fiel es tot um. Pirvan konnte gerade noch abspringen, damit er nicht mit dem Bein unter das stürzende Roß geriet.

Bis Haimya ihrem Mann auf die Füße geholfen hatte, waren Pedoons Männer dem Tor schon deutlich näher gekommen. Die Soldaten lagen ein Stück zurück, holten jedoch dank ihrer besseren Kondition schnell auf. Inzwischen hatte sich eine Art kleiner Armee am Tor versammelt und wollte offenbar das Lager verteidigen. Aus ihrer Sicht handelte es sich bei dem Angriff zweifellos um schweren Verrat.

Der Verrat hatte zwar auf der anderen Seite begonnen, aber wenn die Neuankömmlinge das ganze Lager in den Kampf mit hineinzogen, würde niemand mehr auf ihre Einwände hören. Pirvans Lauf zum Lagertor war wie einem Alptraum entsprungen. Als junger Mann war er schnell gewesen, und auch heute war er kaum langsamer, doch er trug Stiefel, hatte sich bei dem Sturz das Bein verletzt, und der Matsch wollte ihn bei jedem Schritt bis zu den Knien einsaugen. Ohne Haimya neben sich wäre er wohl dreimal gestürzt anstatt nur einmal, und vielleicht nicht wieder aufgestanden, bevor es zu spät war.

Es war ohnehin schon fast zu spät. Bis Pirvan das Tor erreichte, war das Wettrennen der Truppen vorüber, und die Schlacht hatte begonnen. Schon lagen mehrere Männer im Schlamm, und Pedoons Leute hatten den Bogenschützen eingekreist. Er war ein großer Mann mit Schwert und Dolch in den Händen. Den Bogen hatte er sich umgehängt, und er verteidigte sich geschickt und gut.

Pedoons Männer wagten sich nicht näher heran; sie hatten die meisten Toten zu beklagen. Aber ihr Kreis hielt die Männer im Lager gefangen, und er hinderte auch Pirvans Soldaten daran, den Schützen zu erreichen. Alle standen viel zu eng beieinander, als daß man die Waffe des Bogenschützen gegen ihn hätte verwenden können. Daher sah es so aus, als ob diese ungute Situation so lange anhalten würde, bis einer die Geduld verlor, das Schwert zog und ein allgemeines Gemetzel entfesselte.

»Ergebt euch!« schrie jemand aus dem Lager, aber Pirvan wußte nicht, an wen der Ruf gerichtet war.

Der Mörder schien sich angesprochen zu fühlen. »Ich habe Waydol vor Pedoons Verrat gerettet! Pedoon hätte Waydol an die Istarer verkauft. Er und der Ritter von Solamnia!«

Statt in der Erde zu versinken, hätte Pirvan sich am liebsten Drachenklauen wachsen lassen, um dem Schützen die Kehle aufzuschlitzen, ehe sie noch mehr Gift ausspie. Jemand hatte ihn und Pedoon damals auf ihrem nächtlichen Spaziergang also belauscht und die Nachricht in Waydols Lager getragen. Wie vielen hatte er es verraten? Wie viele harrten noch der Chance, ihren Hauptmann zu verteidigen, indem sie Pirvan neben Pedoon im Schlamm aufbahrten?

Sinnlose Fragen. Jetzt gab es nur noch die Ehre – und jeder, der die für nutzlos hielt, war ein hoffnungsloser Dummkopf.

Pirvan trat vor.

»Ich bin Sir Pirvan von Tiradot, Ritter der Krone. Ich nehme diesen Mann in meinen Gewahrsam, bis er eine gerechte Verhandlung wegen des Mordes an Pedoon dem Halboger bekommt.« Er hoffte, man würde irgendwann noch einen anderen Namen für Pedoon finden, aber man hatte auch schon bessere Leute als ihn unter kürzerem Namen begraben.

Der Schütze fuhr herum. Einer von Pedoons Männern nutzte die Sekunde der Ablenkung, um näherzukommen. Der Schütze schlug mit seinem Dolch zu und schnitt dem kühnen Gesetzlosen die Kehle auf, daß das Blut nur so spritzte. Der Mann stolperte und fiel dann über die Leiche eines Kameraden.

Pirvan starrte den Schützen an. Dessen große, dunkle Augen schienen alles und nichts zu sehen, und der Ritter vermutete, er habe einen Wahnsinnigen vor sich. Und seinen eigenen Tod, wenn er diesen Gegner unterschätzte.

Haimya trat neben ihren Mann. »Wir sollten ihn lieber ...«

Pirvan schüttelte kurz den Kopf. »Das wäre kaum besser, als wenn Pedoons Männer ihn gemeinsam zur Strecke bringen. Der Maßstab –«

»– könnte dich das Leben kosten.«

»Dann paß gut auf Gerik und Eskaia auf«, zischte Pirvan. Haimya sah aus, als hätte er sie geohrfeigt. Er verschwendete keine Zeit auf Entschuldigungen, sondern durchbrach den Kreis, den Pedoons Männer bildeten, und sprach den Schützen so an, daß alle es hören konnten. »Also, ergib dich mir und akzeptiere meinen rechtmäßigen Gewahrsam, sonst muß ich dich mit Gewalt festnehmen.«

Die Antwort des Mannes war der heisere Schrei eines Irren. Pirvan hatte zum Glück bereits sein Schwert gezogen, sonst hätte er im nächsten Augenblick tot im Schlamm gelegen. So jedoch spürte er das Schwert des Schützen an seiner Wange vorbeisausen und wich eiligst zur Seite aus, während er einen Dolchstoß parierte. Nur durch ein Wunder schaffte er es, nicht zu fallen. Dann zog er seinen eigenen Dolch und machte sich ernsthaft an die Arbeit.

Wie ernsthaft diese wirklich war, wurde Pirvan erst hinterher bewußt, als seine Zuschauer ihm von dem Kampf erzählten. Es schien auf Pirvans Seite einen endlosen Wirbel von Paraden gegeben zu haben, während der Schütze einen wilden Angriff nach dem anderen durchführte. Der Mann war größer und stärker als Pirvan und raste zudem vor Wut. Zum Glück war er nicht so schnell und ein noch schlechterer Schwertkämpfer als Pirvan.

In den ersten paar Minuten des Kampfes hatte der Ritter damit alle Hände voll zu tun, überhaupt am Leben zu bleiben. Er hoffte nur, daß alle übrigen ihn und den Schützen die Sache allein ausfechten lassen würden. Dazu gehörte auch, daß Rubina nicht ihm zuliebe mit ihren Sprüchen eingriff. Es würde wirklich das Ende seiner Ritterzeit bedeutet haben, von der Magie einer Schwarzen Robe gerettet zu werden!

Nach einer Zeit, die ihm wie Stunden vorkam, merkte Pirvan, daß man ein paar von Pedoons Männern aus dem Kreis gezogen und durch seine eigenen Soldaten ersetzt hatte. Das würde wenigstens dazu beitragen, daß der Kampf fair blieb. Aber noch immer hielten viele von Pedoons Männern den Eingang besetzt, und zudem drohte nach wie vor ein größerer Kampf, falls die Lagerbewohner herauszukommen versuchten.

Und als Pirvan über einen Leichnam stolperte, hätte er fast

den Kampf und gleichzeitig sein Leben verloren. Er duckte sich unter dem Schlag des Schützen weg und traf seinerseits dessen Bein, ungezielt, aber wirkungsvoll.

»Erster Treffer!« brüllte ein Dutzend Stimmen.

Pirvan stand auf. Am linken Bein seines Gegners lief Blut herunter. Er schien zwar nicht zu hinken, aber der Maßstab sah für solche Fälle strenge Regelungen vor.

»Ergibst du dich?«

Die Antwort bestand in einem Schwall von Obszönitäten, bei denen die Vögel tot vom Himmel gefallen wären, wenn der Kampflärm sie nicht ohnehin schon verscheucht hätte. Dann kam ein weiterer wütender Angriff des Schützen.

Diesmal war er aber nicht so schnell wie zuvor. Vielleicht lag es an seiner Beinwunde. Vielleicht lag es aber auch an der vielen Kraft, die er in die früheren Angriffe gelegt hatte, einer Kraft, die nun unwiederbringlich verloren war. Vielleicht waren auch nur die Füße des Mannes einfach schwerer – Pirvan stellte fest, daß er offenbar irgendwann während des Kampfes seine Stiefel weggeschleudert hatte und nun barfuß kämpfte.

Das fühlte sich gut an, vertraut, wie damals auf seinen nächtlichen Raubzügen – und es machte ihn erheblich leichtfüßiger.

Das verletzte Bein seines Gegners war nun blutüberströmt, und beide Füße waren von Schlamm beschwert. Zudem wies der Schütze ein halbes Dutzend kleinerer Wunden auf. Pirvan konnte sich nicht erinnern, ihm diese beigebracht zu haben, doch sie machten den Mann jedenfalls noch langsamer.

Pirvan wußte, daß er diesen Kampf beenden mußte, ehe die Erregung noch höher schlug oder die immer noch beachtliche Stärke des Schützen diesem einen Glückstreffer durch die Deckung des Ritters ermöglichte. Er lockte den Mann im Kreis herum, bis er festen Grund unter den Füßen hatte, dann stieß er mit einer Schnelligkeit vor, die er sich bis zu diesem Moment aufgehoben hatte.

Aus nächster Nähe preßte Pirvan seinen Dolch an den seines Gegners, wodurch beide Waffen einen Augenblick unbeweglich blieben. Dann ließ Pirvan sein Schwert fallen, wobei er das Geschrei und Gebrüll rings herum ignorierte. Schließlich zog er schnell einen Dolch aus seiner Brustscheide, während der Schütze versuchte, sein Schwert an ihn heranzuführen.

Nun stieß Pirvan zu. Er fühlte, wie das Messer in die Luftröhre des Mannes drang, am Mund vorbei und ins Gehirn, und der Schütze stürzte nach hinten.

Pirvan bückte sich nach seinem hingeworfenen Schwert, und hinter dem Tor tobten die Lagerbewohner.

»Tötet den Ritter! Tötet den zweiten Verräter!«

Augenblicklich verwandelten sich Pedoons Männer aus möglichen Feinden in Pirvans treuste Verteidiger. Sie hatten gesehen, wie er ihren gefallenen Hauptmann gerächt hatte; sie würden lieber neben ihm fallen, als ihn zu enttäuschen. Deshalb begannen sie wild, wenn auch ohne viel Nachdruck oder Kunst, auf die Männer am Tor einzuschlagen.

Die Männer dort schlugen zurück. Noch mehr Kämpfer von Pedoon fielen, und die Truppe am Eingang drängte vorwärts. Gleich würde sie im Freien sein, und der größte Kampf würde beginnen.

Pirvan konnte nicht einmal mehr fluchen, so atemlos war er. Aber sein Blick war ungetrübt und so sah er, daß nicht alle Männer aus dem Lager herausdrängten. Manche zogen sich zurück und versuchten, andere mitzuziehen. Offenbar waren die Männer im Lager bezüglich Pirvan und seiner Leute geteilter Meinung.

»Weg vom Tor!« brüllte der Ritter. »Alles weg vom Tor, außer Schußweite und Quadrat bilden! Sofort, ihr dreimal verfluchten Narren!« Er beschimpfte die Männer noch auf ganz andere Weise. Das meiste davon mußten ihm hinterher diejenigen berichten, die ihm voller Ehrfurcht und Bewunderung zugehört hatten.

Immerhin gehorchten Pedoons Männer und stürmten unvermittelt vom Eingang fort. Offenbar fanden sie, daß sie ihre Verpflichtung gegenüber dem ritterlichen Rächer erfüllt hatten, denn plötzlich stand Pirvan allein da, während Pedoons Männer an ihm vorbeiströmten.

Im nächsten Augenblick sah er sich einem Dutzend Männer aus dem Lager gegenüber. Im übernächsten war Haimya neben ihm. Ihr Gesicht war zu einer kämpferischen Maske verzerrt, die Pirvan ebenso auf sich wie auf die Feinde bezog.

Doch Haimyas Klinge war so schnell wie eh und je und streckte im Handumdrehen zwei Gegner nieder. Dann wirbelte aus dem Nichts eine Bola heran, schlang sich um ihr Schwert und riß es zur Seite. Haimya gab nach und verlor damit ihre Deckung. Ein magerer, dunkelhäutiger Mann sprang aus der Menge hervor und schwang dabei eine kurze Keule.

Haimya zog ihren Dolch, während Pirvan näherkam, um sie zu beschützen, aber etwas traf ihn am Knöchel, und er geriet ins Taumeln. Er wußte, daß er nun selbst ungeschützt war, und daß der Dunkelhäutige entweder ihn oder Haimya oder gar beide töten konnte –

Aber der Mann und sein Mitstreiter – ausgerechnet ein Kender! – wichen nun zurück. Sie schienen auch die übrigen Männer aus dem Lager zurückzudrängen, so daß Pirvan und Haimya plötzlich allein dastanden.

Allein. Fünfzig Schritt von seinen Männern entfernt, die sich nun zu einem verzogenen, aber lückenlosen Quadrat zusammengedrängt hatten, wie Pirvan zufrieden bemerkte. Allein. Haimya ohne Schwert und Pirvan kaum fähig zu gehen, denn seine Beine brannten so sehr und trugen so zu seiner Erschöpfung bei, daß ihm schnell klar wurde, daß er noch höchstens drei Schritte schaffen würde, ehe man ihn niedermähen konnte wie eine reife Ähre.

Aber doch nicht ganz allein. Pirvan wollte Haimya für seine scharfen Worte um Verzeihung bitten, und er wußte, wenn sie auch keine Worte dafür fand, so würde sie ihm doch in wenigen Augenblicken verzeihen, wenn sie zusammen fielen.

Die wenigen Augenblicke kamen und verstrichen, und kein Feind hatte sich den beiden genähert.

Pirvan sah Haimya an. »Verzeih mir, Geliebte«, krächzte er heiser.

Haimya blinzelte und wollte etwas sagen, doch kam sie nicht dazu, ihre Worte auszusprechen. Von rechts ertönte plötzlich ohrenbetäubendes Kriegsgeheul. Pirvan hätte sein Schwert am liebsten wieder fallenlassen und sich die Ohren zugehalten.

Im nächsten Augenblick kam von links die Antwort auf den Kampfschrei. Sie war ebenso unartikuliert, doch sie stammte aus keiner menschlichen Kehle. Nur eine einzige Rasse auf Krynn beherrschte dieses donnernde Bellen.

Der Minotaurus war gekommen – und Pirvan hätte wetten können, daß sein Erbe auch nicht weit war.

Als erster kam ein Mann, der eine der berittenen Patrouillen anführte. Er schien auf einem dürren Pony zu sitzen. Erst als der Mann abstieg, sah Pirvan, daß er ein ausgewachsenes Pferd geritten hatte. Es war die ungewöhnliche Größe des Mannes gewesen, die Pirvan getäuscht hatte.

In den Bewegungen des Fremden lag jedoch nichts Ungelenkes, als er nun auf Pirvan und Haimya zukam. »Ich bin Dahrin, Erbe des Minotaurus. Es wäre gut, wenn ihr mir erklären würdet, wieso eure Ankunft im Lager soviel Aufruhr verursacht hat.«

»Lord Dahrin ...«, setzte Haimya an.

»Erbe«, beharrte der Mann.

»Ach, stell dich nicht so an, Dahrin«, polterte eine Stimme von links. Selbst wenn Pirvan und Haimya zu Statuen erstarrt gewesen wären, wären sie noch herumgewirbelt.

Eine Gestalt, die noch gewaltiger war als der Reiter, marschierte über das Feld auf sie zu. Der Minotaurus mußte gute acht Fuß messen und war wie alle Wesen seiner Rasse breit gebaut.

Mit langen Schritten kam er auf Pirvan und seine Frau zu. Er schien erst gar keinen Gedanken daran zu verschwenden, daß der Matsch ihn am Fortkommen hindern könnte. Seine Füße hoben und senkten sich so unaufhaltsam, wie ein Mühlrad sich dreht. Er trug Kniehosen und eine ärmellose Tunika und hatte einen Shatang, den schweren Wurfspeer der Minotauren, über dem Rücken hängen.

Sein Fell zeigte graue Flecken zwischen dem Rot und Schwarz, aber seine Hörner glänzten wie feinstes Kristallglas. Es waren die längsten Hörner, die Pirvan je an einem Minotaurus gesehen hatte.

Das Tor zum Lager wimmelte von Menschen, und weitere waren auf die Einfriedung geklettert. Offenbar sahen auch viele von Waydols Rekruten ihren Hauptmann zum ersten Mal.

Keiner der Männer im Lager schien eine Waffe zu erheben – was gut war. Weniger gut war die hohe Anzahl von Leichen neben dem Schützen, die nicht zu Pedoons Männern zählten. Die Neuankömmlinge würden einen Blutpreis zahlen müssen. So hatte sich Pirvan den Beginn der Verhandlungen mit Waydol nicht vorgestellt.

Schließlich war der Minotaurus nahe genug, um ihn förmlich begrüßen zu können. Obwohl er seinen Erben öffentlich zurechtgewiesen hatte, lag keinerlei Freundlichkeit in seinem Auftreten, als er sich Pirvan und Haimya näherte.

Keiner von beiden kniete nieder. Bei Minotauren gestand man dadurch sonst seine Unterlegenheit noch schneller als bei Menschen, und das, bevor diese überhaupt eingefordert worden war.

Sie senkten noch nicht einmal den Kopf. Sie standen nur da, streckten die Hände aus und spreizten die Finger als Zeichen dafür, daß sie in friedlicher Absicht gekommen waren. Als der

Minotaurus stehenblieb, sagte Pirvan: »Wir grüßen Euch, Waydol.«

»Euer erster Gruß war nicht gerade freundlich«, erwiderte Waydol. Die meisten Minotauren hörten sich stets an, als ob sie wütend wären oder zumindest Kopfschmerzen hätten, selbst wenn sie einen höflichen Ton anschlugen. Aber Waydol klang nicht einfach wütend. Seine Stimme ähnelte eher einer Lawine – die nicht auf das wütend ist, was sie zermalmt, sich aber auch durch nichts aufhalten läßt.

»Wir sind vielleicht nicht in Freundschaft gekommen, aber doch ohne Euch Böses zu wünschen«, sagte Pirvan. »Auch Eure Begrüßung war wenig freundlich. Mein Kamerad, Pedoon der Halboger, der mit mir zusammen unsere Truppe angeführt hat und dem ich einst das Leben gerettet habe, wurde von einem Eurer Leute niedergeschossen wie ein tollwütiger Hund.«

»Tatsächlich tragen beide Seiten eine Blutschuld«, sagte Waydol, und Pirvan begann zu hoffen. So etwas einzugestehen, legte einem ehrenhaften Minotaurus eine beträchtliche Bürde auf, und es war niemals klug, sicher oder auch nur vernünftig, anzunehmen, daß ein Minotaurus sich etwa nicht als ehrenhaft betrachtete – selbst wenn er sich entschlossen hatte, zwanzig Jahre als Hauptmann von Gesetzlosen unter Menschen zu leben.

»Wollen wir also die Götter entscheiden lassen?« fragte Waydol. Er schien diese Frage nicht nur Pirvan und Haimya, sondern auch seinem Erben, ja selbst dem Himmel über ihnen und dem Schlamm unter ihren Füßen zu stellen.

»Lassen wir die Götter entscheiden«, sagte der Erbe, doch in seiner Stimme lag ein fragender Unterton. Er klang weniger ungehorsam als vielmehr verwirrt.

»Dann soll das Gottesurteil in zwei Tagen gefällt werden«, beschloß Waydol. »Ich nehme meinen Erben Dahrin als Kampfgefährten. Wen wählt Ihr, Sir Pirvan?«

Bevor Pirvan klar wurde, daß das, was er gehört hatte, wirklich gesagt worden war, stieß Haimya hervor: »Mich, und die Götter seien meine Zeugen.« Dann flüsterte sie Pirvan zu: »Die einzige Alternative ist Birak Epron, und im Nahkampf bin ich besser als er.«

Haimya mochte im Kampf so vollendet sein wie Huma Drachentöter, aber dennoch hatte sie vermutlich soeben ihr eigenes Todesurteil unterzeichnet. Wenn Minotauren unter derartigen Umständen von einem »Gottesurteil« sprachen, meinten sie einen persönlichen Zweikampf – diesmal also Pirvan und Haimya gegen Waydol und Dahrin.

Ganz gleich, welche Waffen und Rüstungen erlaubt waren, der Minotaurus und sein Erbe waren zweifellos im Vorteil. Doch die Teilnahme an einem solchen Kampf war rechtmäßig, und wenn jemand geschworen hatte, die Götter entscheiden zu lassen, zwang der Maßstab sogar zum Duell.

»Unabhängig vom Ausgang des Kampfes wird die Blutschuld danach als getilgt betrachtet«, erklärte Waydol. »Darüber hinaus schwört der Verlierer dem Gewinner, den Frieden zu halten.«

Pirvan wollte schon sagen, daß sein Eid als Ritter ihm ein solches Angebot untersagte, aber er biß sich noch schnell auf die Zunge. Was Waydol gerade gesagt hatte, bedeutete, daß der Kampf nicht bis zum Tode geführt werden mußte.

Allerdings konnten Waydols Worte auch eine ganze Reihe anderer Bedeutungen haben. *Aber über die werde ich später nachdenken,* entschied Pirvan. Vorläufig akzeptierte er, daß er ein Spiel eingegangen war, in dem er nicht alle Regeln kannte und in dem sein Leben im Handumdrehen verwirkt sein konnte. Der zu erringende Preis konnte jedoch so groß sein, daß er das Risiko wert war.

Selbst wenn das Risiko gleichermaßen ihn und Haimya betraf.

Kapitel 4

»Das ist nicht nur lächerlich«, sagte Rubina. »Es ist Wahnsinn.«

Birak Epron sagte nichts, sondern stand auf und verließ den niedrigen, von Rauch erfüllten Raum des verlassenen Bauernhauses, in dem Pirvan und seine Begleiter bis zum Gottesurteil in zwei Tagen untergebracht waren. Er sah erst so aus, als wollte er die Tür hinter sich zuschlagen, die wundersamerweise die Zeit überdauert hatte, schloß sie dann aber doch leise. Schließlich verschwand er draußen über dem Kies ins neblige Dämmerlicht.

»Ich frage mich, was er wohl davon hält«, meinte Rubina und sprach dabei mehr zu den Mauern und dem schimmligen Stroh auf dem Boden als zu Pirvan oder Haimya.

»Er weiß, daß wir es geschworen haben, also müssen wir es tun, sonst verlieren wir unsere Ehre. Und nichts, was Ihr oder er sagen könnt, ist auch nur den Atem wert, den es braucht, es auszusprechen«, erklärte Haimya kühl. Pirvan spürte, daß die Leichtigkeit in ihrer Stimme noch immer gespielt war, daß sie aber jeden weiteren Streit vermeiden wollte.

»Außerdem denke ich, daß er sich vergewissern will, daß nur vertrauenswürdige Männer in Hörweite sind«, fügte Pirvan hinzu. »Dieser ganze Zwist ist aus einer Lügengeschichte erwachsen, die ein doppelzüngiger Dummkopf sich ausgedacht hat, und die einer geglaubt hat, der mehr Ehrgeiz als Verstand hatte. Wenn so etwas noch einmal vorkommt, können nur die Götter uns retten.«

»Ist das nicht diesmal auch schon so?« fragte Rubina.

Pirvans Mund war von der Müdigkeit, vom Kämpfen und von seinen Sorgen wie ausgedörrt. Er goß sich Wasser aus dem Krug in den Holzbecher und trank. Die Männer draußen waren nicht hungrig und mußten nicht in der Kälte schlafen, denn man hatte ihnen gepökelten Fisch und Feuerholz aus Waydols Lager geschickt. Aber zu trinken hatten sie alle nur noch Wasser. Wenigstens war es sauber. Keine Seite war in den bisherigen Kämpfen so tief gesunken, daß sie die Brunnen vergiftet hätte.

»Nein«, sagte Pirvan, nachdem er den Becher abgesetzt hatte. »Ihr habt Waydols Meinung zu dem gehört, was der Sieger vom Verlierer verlangen darf. Klingt das, als ob er einen Zweikampf auf Leben und Tod wollte?«

»Mag sein, daß Ihr recht habt. Aber dieser große Flegel Dahrin hatte so seine Zweifel. Könnt Ihr das etwa abstreiten?«

»Hatte er Zweifel, oder war er überrascht?« warf Haimya ein. »Ich glaube, Waydol verfolgt einen geheimen Plan, den nicht einmal sein Erbe kennt. Ich hoffe, das weist nicht auf Zwietracht zwischen den beiden hin.«

»Ich hätte gedacht, Ihr würdet eher beten und Opfer bringen, damit sie sich uneins sind«, sagte Rubina. »Dann wären Eure sonst geringen Chancen auf Sieg oder Leben immerhin etwas größer.«

»Das bezweifle ich«, entgegnete Pirvan. »Und außerdem würde auch das uns einiges kosten. Zwietracht zwischen Waydol und dem Erben würde das Lager in noch mehr Fraktionen spalten. Früher oder später würde es Schlägereien geben, und dann bräche das völlige Chaos aus.«

»Ich spreche jetzt nicht als Schwarze Robe«, sagte Rubina, »sondern als Eure Freundin. Wäre das Chaos in diesem Fall nicht unserer Sache insofern dienlich, als wir Waydols Macht entkommen und sie zugleich schmälern könnten?«

»Nicht auf ehrenhafte Weise«, widersprach Pirvan und fuhr

fort, obwohl Rubina das Gesicht verzog, als hätte das Wort »Ehre« einen üblen Beigeschmack: »Außerdem, was wird dann aus unseren Männern? Selbst wenn wir entkämen, wären sie im Chaos gefangen, und am Ende kämpft höchstwahrscheinlich jeder gegen jeden. Ich würde mir lieber selbst die Kehle durchschneiden, als Männer, die mir die Treue geschworen haben, solch einem Schicksal zu überlassen.«

»Falls Waydol und Dahrin Euch diese Mühe nicht abnehmen«, sagte Rubina.

Pirvan mußte Rubinas Hartnäckigkeit, die so offensichtlich war wie ihre Schönheit, unwillkürlich bewundern. Dennoch hatte er keine Zweifel daran, wofür sie beides einsetzte.

Ein leichtes Klopfen ließ die Tür in ihrer einen verbliebenen Angel wackeln. »Ich bin's«, erklang Eprons Stimme.

Er trat ein, ohne eine Antwort abzuwarten, und klopfte sich den Schlamm von seinen Stiefeln. Rubina warf ihm einen vorwurfsvollen Blick zu, weil er sie vorhin im Stich gelassen hatte. »Kannst du unseren Freunden noch etwas sagen, was sie retten könnte?« Der flehentliche Ton in ihrer Stimme klang echt.

»Ich habe mit dem Anführer der Versorgungseinheit gesprochen, die uns das Essen gebracht hat«, verkündete Epron mit einer Haltung, als ob er seinem Vorgesetzten Bericht erstattete. »Er sagt, sie hätten vorläufig weder Wein noch Bier übrig. Das ist auch gut so, denn unsere Männer haben schon zu lange einen leeren Magen. Sie würden beides nicht vertragen. Morgen kommt ein Waffenmacher, der alle beschädigten Waffen instandsetzen soll. Der Anführer sagt, es sei wahrscheinlich, aber nicht sicher, daß unabhängig vom Ausgang des Gottesurteils alle, die sich Waydol anschließen, Waffen aus seinen Beständen bekommen.«

Das besagte eine ganze Menge über Waydols Lagerhäuser – und wies deutlich darauf hin, daß er in der Lage war, Waffen von sympathisierenden Städten und Dörfern um seinen Schlupfwinkel herum zu kaufen, nicht nur zu stehlen. Es überzeugte Pirvan auch noch mehr davon, daß Waydol durch und durch Minotaurus war. Selbst wenn er sich einen ganz eigenen Standard für Ehre aufgestellt hatte, würde er an diesem doch bis zu seinem Tode festhalten.

»Laß die Männer weiterarbeiten und erlaube ihnen nicht, im Lager herumzulaufen«, sagte Pirvan. »Ich werde morgen zu ihnen sprechen und sie für die Disziplin und den Mut loben, die sie heute gezeigt haben.«

»Ich bezweifle, daß sehr viele geneigt sein werden, bis zur Küste zu laufen, nur um zu sehen, ob man sie umbringt oder nicht«, sagte Epron und lächelte. Es war das erste Lächeln, das Pirvan seit Tagen auf seinem Gesicht gesehen hatte. »Aber Ihr habt schon recht. Bald werde ich Euch nichts mehr darüber beibringen können, wie man Soldatentruppen führt.«

»Ja, aber was wird ihm das alles bei dem Gottesurteil helfen?« stieß Rubina hervor. Sie schien den Tränen nahe zu sein. »Ich denke da gar nicht an große Magie, aber wenn ich einfach ihre Gelenke ein bißchen ...«

»Das ist verboten!« unterbrach Haimya sie.

»Und würde mich meine Ehre kosten!« fügte Pirvan hinzu.

Birak Epron durchbrach das Schweigen, das auf Pirvans Worte gefolgt war. Er sprach so ruhig wie ein Bauer, der überlegt, wie viele Eber er vor Anbruch des Winters schlachten soll. »Lady Rubina, ich bin sicher, diese guten Leute haben bereits erklärt, daß ihnen nichts anderes übrigbleibt, als gegen Waydol und seinen Erben zu kämpfen. Sie sagen die Wahrheit. Jetzt werde ich dem noch etwas hinzufügen, was sie nicht sagen können. Ich schwöre bei allem, was wir miteinander erlebt haben, bei den Ehren, in denen ich dich halte, bei ... bei allem anderen, was vielleicht zwischen uns ist – ich werde nicht zulassen, daß du dich in einer solchen Weise entehrst, wie du es vorhast. Bei allen Göttern, die über die Ehre richten und einen Schwur verwirklicht sehen wollen – ich werde dich mit meinen eigenen Händen umbringen, wenn du dich nicht verpflichtest, dich aus dem Kampf herauszuhalten.«

Wenn Birak Epron sich in einen Minotaurus verwandelt hätte, hätte kein vollkommeneres Schweigen herrschen können. Schließlich fing Pirvan zu lachen an.

»Was findet Ihr denn so komisch?« fragte Epron mit eisiger Stimme. Er setzte sich neben Rubina, und sie leistete keinen Widerstand, als er ihr den Arm um die Schultern legte.

»Ich habe mir gerade vorgestellt ... wenn Ihr Euch in einen Minotaurus verwandeln würdet, würdet Ihr wahrscheinlich einen Deckenbalken rammen und das ganze Haus auf unsere Köpfe ...«

Er brach ab, als Rubina zu weinen begann. Der Befehl aus Biraks finsteren Augen wäre nicht nötig gewesen. Pirvan und Haimya standen auf und traten gemeinsam in die Nacht hinaus.

Gildas Aurhinius kletterte die schwankende Leiter von dem Fischerboot auf das Deck seines Flaggschiffs, der *Fliegenden Jungfer*, hinauf, so würdevoll das unter diesen Umständen möglich war. Unter den Hüllen seiner feinen Kleider und des guten Lebens war er stark und beweglich, und seekrank war er noch nie gewesen.

Die anderen Kapitäne, die ihn aufs Meer begleiteten, hatten weniger Glück. Keiner von ihnen fiel ins Wasser, aber zwei mußten mit einem Netz an Deck gehievt werden. Ein dritter, der problemlos an Bord gekommen war, kniete sich wenig später prompt auf das Speigatt und übergab sich.

»An Bord der *Stolz der Berge* aus Karthay befindet sich ein Zauberer, der Tränke gegen die Seekrankheit herstellt«, sagte der Kapitän. »Sollen wir Signal geben, daß er herüberkommen soll?«

»Wo ist das Schiff aus Karthay?«

Der Kapitän zeigte weit hinaus zum Horizont, wo Aurhinius

vor der untergehenden Sonne die Dreimastersilhouette mit dem gelben Vorsegel entdeckte, für das die Karthayer soviel übrighatten.

»Vielen Dank, aber ich denke, wir können den Zauberer in Ruhe lassen.«

Aurhinius gab diese Antwort nur widerstrebend, aber in dem Wissen, daß es die richtige war. Wenn er den Zauberer an Bord holte, konnten sie sich vielleicht unter vier Augen unterhalten, und Aurhinius konnte den Mann mit den magischen Kräften über die Priester der Zeboim und andere entsprechende Themen befragen.

Der Zauberer konnte aber auch unterwegs ertrinken oder genauso seekrank werden wie die, die er heilen sollte, oder so wütend werden, daß er selbst einem Gott nur sehr ungern antworten würde. Zudem konnte er selbst mit den Dienern der Zeboim im Bunde sein.

Aurhinius hielt nur etwas von Situationen, in denen er dem Feind einen Kampf aufdrängen, ihn aus dem Gleichgewicht bringen und ihn dazu zwingen konnte, Aurhinius' Schachzügen zu folgen. Er hatte jedoch genug Geduld, um Wartezeiten durchzustehen, wenn es sein mußte, und mit dieser Einstellung hatte er schon zahlreiche Schlachten und mindestens einen Feldzug gewonnen.

Außerdem, Geduld hin oder her, man hatte auch keine große Wahl, wenn man nicht wußte, wie viele Feinde man vor sich hatte und wo die Hälfte von diesen steckte!

Dahrin wischte sich die Krümel des harten Brotes vom Schoß. Prompt huschten die Mäuse aus ihren Löchern herbei und begannen zu fressen. Waydol lächelte und klopfte auch seinen Teller für die bepelzten kleinen Nager ab.

»Gibt es noch etwas, das nicht zu deiner Zufriedenheit geregelt ist?« fragte der Minotaurus.

Dahrin wünschte, er hätte »Nein« sagen können, aber er

konnte nicht ausgerechnet jetzt damit anfangen, Waydol Lügen aufzutischen. »Ja. Was passiert, wenn wir gewinnen?«

»Wenn sie sich ergeben ...«

»Nein. Ich meine, wenn sie sterben.«

»Ich glaube, wir müssen sie nicht unbedingt töten. Wir können den Kampf ohnehin kaum verlieren. Wenn einer von unseren beiden Gegnern kampfunfähig ist, wird der andere höchstwahrscheinlich aufgeben, um den Verletzten zu retten.«

»Aber wenn es zum Schlimmsten kommt?«

»Das Schlimmste, was passieren kann, ist, daß wir einen Ritter von Solamnia töten. In dem Fall nehme ich diesem Söldnerhauptmann, Birak Epron, den Friedensschwur ab, damit die Sache mit den Männern geregelt ist. Dann stellen sie für uns keine Gefahr mehr dar, selbst wenn sie sich uns nicht anschließen. Gleichzeitig werden wahrscheinlich die Ritter von Solamnia aufs Feld treten, um einen der Ihren zu rächen. Sie werden den Krieg sehr viel rascher beenden als diese Istarer, die offenbar versuchen, einen möglichst billigen Krieg zu führen, aber nicht den bestmöglichen. Außerdem sind die Ritter diszipliniert und gut ausgerüstet. Sie werden weder das Land plündern noch die Dorfbewohner mißhandeln, sondern sie werden Gefangene machen und diese ehrenvoll behandeln. Ihnen kannst du dich mit der Bande ergeben und darauf vertrauen, daß zumindest die Männer verschont werden. Wenn die Gefahr bestehen sollte, daß die Ritter deinen Kopf fordern, kannst du dich mit mir in das Boot nach Norden setzen – obwohl ich eher den Rittern vertrauen würde als meinem eigenen Volk, wenn ich vor der Wahl stünde.«

»Ich verstehe.« Jedenfalls glaubte Dahrin zu verstehen. Der Plan, einen Kampf so einzufädeln, daß man eine Niederlage in einen Sieg verwandeln konnte – oder mit derselben Leichtigkeit auch umgekehrt –, wäre schon schwer zu verstehen gewesen, wenn er von einem Menschenhauptmann ausgeheckt worden wäre. Bei einem Minotaurus aber, auch wenn es Waydol war, mußte man sich zuerst dazu zwingen, zu glauben, daß weder der Minotaurus noch man selbst verrückt geworden war.

»Es gibt da noch etwas, das du übersehen hast«, fuhr Waydol fort. Seine Stimme klang jetzt strenger. »Ebenso wie du übersehen hast, daß ein Anschlag auf Pedoon geplant war.«

»Ich kann doch nicht überall zugleich sein und die Männer ausspionieren. Kann ich Ehre im Leib haben und dennoch Männern vertrauen, die keine haben, selbst wenn ich sie brauche?«

»Das ist natürlich ein Problem«, sagte Waydol mit einer Gelassenheit, die zum Verrücktwerden war.

»Das nicht leicht zu lösen ist, wenn man soviel zu tun hat wie ich«, polterte Dahrin.

»Ich weiß, daß wir als Anführer fünfmal soviel zu tun haben wie früher und daß du neun Zehntel davon übernimmst«, sagte Waydol besänftigend. »Aber das heißt, daß du einen Teil deiner Zeit darauf verwenden mußt, neue Unterbefehlshaber auszubilden. Kindro und Pertig Temperer werden nicht reichen, wenn du die Männer befehligen willst, nachdem ich fort bin.«

»Nach dem Kampf spreche ich mit ihnen. Aber was ist das andere, das ich übersehen haben soll?« Dahrin war noch nie so nahe daran gewesen, richtig wütend auf Waydol zu werden, und er wußte, daß seine Müdigkeit nur teilweise daran schuld war.

»Vergib mir, aber ... Ich glaube, du hast es übersehen, weil du nicht an der richtigen Stelle warst. Ich konnte viel genauer sehen, wie Pirvan und Haimya gekämpft haben. Es war, als ob ein einziger Kopf vier Arme und vier Beine steuern würde. Wir beide sind in ein paar Übungskämpfen als Partner aufgetreten, aber noch nie im Ernstfall. Ich möchte wetten, daß der Ritter und seine Frau schon öfter zusammen um ihr Leben gekämpft haben, als wir Übungsstunden hatten. Deshalb müssen wir uns unseren Sieg ehrlich verdienen, und zwar nicht durch ihren Tod.«

»So wie du das sagst, klingt es, als könnten sie geradezu gewinnen!« rief Dahrin aus.

»Ganz recht«, erwiderte Waydol nur.

Sir Marods Feder hinterließ einen kleinen Klecks auf dem Pergament, als er den Brief abschloß. Aber der Sand trocknete den Fleck zusammen mit der übrigen Tinte, und er konnte den Brief bald noch einmal mit Genugtuung durchlesen.

Burg Dargaard
Vierter Holmswelt

Sir Niebar,

hiermit erhaltet Ihr die Befugnis und den Befehl, drei vertrauenswürdige Ritter mitzunehmen und der Frage nachzugehen, weshalb ein Kender mit Namen Gesussum Fallenspringer im Wirtshaus ›Zum Oger in Ketten‹, westlich der Stadt Bisel, unrechtmäßig festgehalten wird.

Wenn Ihr der Ansicht sein solltet, daß Ihr hierfür weitere Männer braucht, dürft Ihr auf Krieger von Gut Tiradot zurückgreifen. Mit der örtlichen Kendergemeinde dürft Ihr erst dann Kontakt aufnehmen, wenn Ihr Fallenspringer befreit und die Umstände seiner Gefangenschaft mit dem Wirt des ›Ogers in Ketten‹ geklärt habt.

Ich weiß durchaus, daß wir derartige Aufgaben gewöhnlich Sir Pirvan überlassen. Dieser hat jedoch derzeit andere Dinge zu erledigen, die keinen Aufschub dulden. Ich ordne diesen Marsch jedoch auf Grundlage seiner Briefe an. Ihr könnt also davon ausgehen, daß die Informationen zuverlässig sind.

Bei Eid und Maßstab
Marod von Ellersford
Ritter der Rose

Der alte Ritter faltete und versiegelte den Brief, dann rief er einen Boten, der die Nachricht fortbringen, und einen Diener, der die Reste des Abendessens abräumen sollte. Sir Marod speiste in letzter Zeit viel zu häufig allein in seinen Gemächern – und viel weniger, als selbst sein alternder Körper es gebraucht hätte.

Aber es gab so verdammt viel zu tun und so wenig Zeit dafür, und nun hatte er schon so lange nichts mehr von Pirvan gehört, daß man sich darauf vorbereiten mußte, daß er womöglich umgekommen war. Jemar der Schöne sollte wohlbehalten vor der Küste kreuzen, doch hatte er kaum die Macht, etwas zu beeinflussen, das an Land vor sich ging.

Marod beschloß, in dieser Nacht zu wachen und zu beten. Er würde sowieso kaum zur Ruhe finden. Einmal im Monat mußte ein Ritter der Rose ohnehin wachen, und vielleicht würde ihm, wie der Maßstab es versprach, hinterher sogar leichter ums Herz sein.

Die Finsternis um das Gehöft herum war so vollkommen, als ob Pirvan und Haimya in einen dicken Sack aus schwarzem Tuch gesprungen wären.

Nur in Richtung ihres Soldatenlagers brannten noch die Feuer der Wachen, während die Kochfeuer zu glühenden Kohlen heruntergebrannt waren. Im Schein dieser Lagerfeuer konnte Pirvan Posten ausmachen, die, mindestens mit Speer und Helm bewaffnet, ihre Runden zogen. Er wußte, daß noch weitere im Schatten verborgen lagen, um jeden zu überraschen, der an den sichtbaren Wachen vorbeischlüpfte.

Pirvans Männer waren auf jeden erdenklichen Ausgang des Gottesurteils vorbereitet. Wenn seine Ansprache an sie morgen eine Abschiedsrede werden sollte …

Er schluckte. Das bedeutete auch ein Abschiednehmen von Haimya, und er würde alles brauchen, was er je über innere Disziplin gelernt hatte, damit dieser Gedanke ihn nicht vor seinen Soldaten schwach werden ließ. Sie würden es verstehen; er hatte gehört, wie sie seine Frau und Kampfgefährtin priesen, wenn sie glaubten, er würde nicht zuhören. Aber es würde dennoch wie ein böses Omen aussehen, wenn er Schwäche zeigte, und morgen würde er nicht nur sein eigenes Herz aufmuntern müssen.

Ein Arm, der sich um seinen Leib legte, ließ ihn zusammenfahren, aber er erkannte die Berührung, noch ehe er zum Dolch griff.

»Du bist so leise gekommen, daß ich dich gar nicht gehört habe.«

»Verzeih mir.«

»Nein, *ich muß um Verzeihung bitten.* Bitte, Haimya. Was ich gesagt habe, als es so aussah, als ob du dich von deiner Angst überwältigen lassen würdest ...«

»Du hast recht; die Angst hat meine Worte bestimmt. Dafür schäme ich mich genausosehr, wie du dich für deine Antwort schämst.«

»Ich weiß aber, daß du wieder ganz du selbst warst, bevor der Kampf begann.«

»Ja, und wenn das Gottesurteil vorbei ist, werde ich mich mit diesem Bolawerfer und dem Kender an einen Tisch setzen und herausbekommen, wie sie zusammenarbeiten. Ich hätte einem Kender keine solche Disziplin zugetraut.«

»Waydol scheint vielen Leuten etwas zu entlocken, von dem sie gar nicht wußten, daß sie es in sich hatten«, erwiderte Pirvan.

»Ja. Es wäre schön, wenn wir alle das Gottesurteil überleben würden. Ich möchte mehr über Waydol erfahren. Entweder ist er der schlaueste Minotaurus, der je geboren wurde, oder sein Volk kann ein noch schrecklicherer Feind sein, als wir gedacht haben.«

»Es könnte beides zutreffen. Aber wir können morgen darüber nachdenken, wie wir ohne Blutvergießen zum Sieg kommen. Diese Nacht gehört uns allein.« Ihr Arm schloß sich fester um ihn, und sie legte den Kopf an seine Schulter. »Uns?«

»Das Haus hat drei bewohnbare Räume, meine Geliebte. Birak Epron und Rubina schlafen endlich, den Göttern sei Dank. Sie sind in dem Raum am anderen Ende des Hauses. In den vordersten habe ich Decken und Felle gebracht. Ich habe sie bei einem von Waydols Offizieren für einen Dolch eingetauscht. Diese eine Nacht haben wir ein weiches Lager.«

Pirvan drehte sich um und ließ sich von Haimya ins Haus führen. Als sie schließlich einschliefen, waren die Decken und Felle tatsächlich sehr weich.

Kapitel 5

Pirvan hatte Haimyas ganzen Rücken mit Tran eingeschmiert und ließ seine Finger nun tiefer an ihrem Körper heruntergleiten. Dort ließ er die Hände kurz verweilen.

Sie lachte, drehte sich um, gab ihm einen Kuß und schimpfte dann: »Puh! Dieser Fischtran schmeckt noch gräßlicher als er stinkt.«

»Wir hätten natürlich um frisches Öl bitten können oder vielleicht um Bärenfett.«

Pirvan hatte seine Frau inzwischen von Kopf bis Fuß eingeschmiert und drehte sich um, damit sie ihm ebenso helfen konnte. Als sie ihren Kampfanzug – zwei Lederstreifen – aufhob, runzelte sie die Stirn. »Wird dieser Tran wirklich etwas bewirken, außer daß unsere Freunde und Gegner sich gleichermaßen bemühen werden, gegen den Wind zu stehen?«

»Glaub mir, jeder Dieb, den ich kenne, hat das fürs Nachtwerk öfters gemacht. Meistens, um durch kleine Löcher schlüpfen zu können, aber man ist damit auch schwerer zu packen.«

Pirvan legte seine eigene Kampfbekleidung an, einen Lederriemen mit gepolstertem Lendenschurz. Dann ging er in die Ecke, wo ihre Kampfstäbe standen. Er hob beide auf, wirbelte mit jeder Hand einen herum und grinste Haimya an. Er konnte sich nicht erinnern, daß sie ihm schon einmal verführerischer oder gefährlicher vorgekommen wäre.

Haimya nahm einen der Stäbe, stellte sich in Kampfposition auf, dann wirbelte sie mit einem Satz herum. Aber als sie sich wieder nach Pirvan umdrehte, war ihr Lächeln ein wenig unsicher. »Und wenn sie Rüstungen tragen?«

»Dann haben wir den Vorteil, daß wir ohne Rüstung schneller sind. Aber ich glaube kaum, daß sie sich derart bloßstellen werden. Ich habe dafür gesorgt, daß jeder weiß, daß wir zwei ohne Rüstung kämpfen.«

Das Gottesurteil würde sicher nicht nur ohne Rüstungen, sondern auch ohne übermäßig viele Regeln ablaufen. Sie würden in einem Quadrat von hundert Schritt Seitenlänge kämpfen, und jeder, der die Linie der Pfähle übertrat, welche die Grenzen markierten, schied aus dem Kampf aus. Keine Seite durfte scharfe Waffen, Speere oder Bögen verwenden. Alles, was innerhalb der quadratischen Arena zu finden war, konnte als Waffe benutzt werden, aber nach Beginn des Kampfes durfte den Kämpfern nichts mehr hineingereicht werden.

Einmal angefangen, würde der Kampf so lange weitergehen, bis eine Seite erklärte, daß sie aufgab, oder sichtlich nicht mehr in der Lage war, weiterzumachen. Ein tödlicher Ausgang war nicht beabsichtigt, konnte aber natürlich durch unglückliche Umstände eintreten – doch beide Seiten würden neben der Arena Wachen aufstellen, für den Fall, daß jemand in Versuchung geriet, dem Vorbild von Pedoons Mörder zu folgen.

»Lady Haimya?« sagte Pirvan mit einer Verbeugung in Richtung Tür.

Sie streifte mit den Lippen seine Wange und trat durch die Tür. Als Pirvan ihr folgte, wieherten leise die Pferde der Wachen, die Waydol geschickt hatte.

»Kommt schon«, knurrte Pertig Temperer, der Anführer ihrer Eskorte. »Gestern abend hat sich ein Händler mit einer Ladung Wein in die Festung geschlichen. Wenn wir diesen Dummköpfen noch eine Stunde Zeit lassen, ist es aus mit dem Frieden.«

Pirvan schwang sich in den Sattel. Der Wind blies kühl über seine nackte Haut. Mit dem Öl würde er schwer zu greifen sein, aber es bot auch wenig Schutz. Zumindest war der Himmel von eintönigem Grau bedeckt, so daß sie erst gar nicht darauf bedacht sein mußten, die Gegner auf die Seite der Arena zu manövrieren, auf der sie von der Sonne geblendet würden.

»Vorwärts!« rief Pirvan, und der neue Trommler seiner Truppe stimmte einen langsamen Marsch an. Als die Männer sich hinter der berittenen Eskorte einreihten, bewunderte Pirvan ihre Disziplin und die Art, wie sie es geschafft hatten, ihre Waffen zu säubern, und sogar Versuche unternommen hatten, ihre Kleider zu reinigen.

Der Trommelschlag erklang weiter, eine einzelne, aber entschlossene Stimme gegen die endlose Weite des grauen Himmels und des wüsten Landes.

Die Brise hatte sich gelegt, als Pirvan und Haimya ihre Männer zum Kampfplatz führten. Die Arena war am Vortag in sicherer Entfernung von beiden Lagern abgesteckt worden, damit die Ordnung besser gewahrt blieb. Pirvan musterte Waydols Männer, fand keinen Hinweis darauf, daß sie betrunken waren, und hielt dann nach seinen Gegnern Ausschau.

Was er statt dessen entdeckte, war ein großes braunes Zelt, das auf einer Seite des Platzes errichtet worden war. Es sah improvisiert aus und bestand wahrscheinlich aus einem alten Segel, aber es bedeutete, daß Waydol und Dahrin von dort aus direkt in die Arena treten konnten. Damit hatten Pirvan und Haimya nicht die Möglichkeit, sie schon vorher zu beobachten, während sie selbst im wörtlichen Sinne allen Blicken preisgegeben waren.

Verzeihung, Ritter, daß ich nicht selbst daran gedacht habe, dachte Pirvan.

»Ah«, ertönte hinter ihnen eine vertraute Frauenstimme. »Ich hatte mir schon überlegt, daß Ihr bestimmt einen schönen Anblick abgeben würdet, Sir Pirvan. Nun habe ich die Bestätigung.«

Pirvan umfaßte seinen Stab fester und bedachte Rubina mit einem schwachen Lächeln. »Vielen Dank, Herrin. Aber ich muß Euch warnen. Wenn Ihr mich ablenkt und ich dadurch in diesem Kampf sterbe, werde ich Euch als Geist verfolgen, sofern Haimya Euch nicht vorher umbringt.«

Rubina stemmte die Hände in die Hüften und lachte. »Verzeihung, Herr Ritter. Ich habe geschworen, nicht in diesen Kampf einzugreifen, und ich halte mich auch daran.«

»Gut«, sagte Pirvan nur, drehte ihr den Rücken zu und begann, seine Muskeln zu lockern.

Haimya folgte seinem Beispiel. Dann nahmen sie beide ihre Stäbe und arbeiteten damit, kämpften dabei jedoch nicht gegeneinander. Je weniger darüber bekannt war, wie er und Haimya sich im Kampf ergänzten, desto besser – doch wenn Waydol auch nur halb so schlau war, wie Pirvan glaubte, hatte er gewiß schon einiges erraten.

Es liegt alles in den Händen der Götter. *Wir können nichts Besseres geben als unser Bestes.*

Etwas, das zweifellos Musik sein sollte, durchbrach die erwartungsvolle Stille. Waydols Bande hatte fünf Trommler und sogar jemanden, der glaubte, er könne Trompete spielen. Wenn jemand den Schlaf der Ritter in einer Burg je mit einem so erbärmlichen Krach unterbrochen hätte, so wäre er Pirvans Meinung nach im Graben gelandet, noch ehe das Echo seiner ersten Töne verklungen war.

Pirvans einsamer Trommler hob zur Antwort an, doch dann übertönte der Jubel alle Musikanten, als die Zeltplane zur Seite schwang und Waydol und Dahrin heraustraten. Pirvan legte sich den Stab über die Schulter, nahm Haimya an die Hand und ging auf die Pfahlreihe zu, während seine eigenen Männer zu jubeln begannen.

Die Jubler fochten ihren eigenen Kampf aus, während Pirvan seine Gegner musterte. Mit einem hatte er recht gehabt: keiner von beiden trug eine Rüstung. Dahrin hatte selbst auf seine verstärkten Kampfhandschuhe verzichtet, die seine kräftigen Arme in tödliche Kriegskeulen verwandeln konnten. Weder er noch Waydol trugen mehr als schwere Lendenschurze.

Pirvan lauschte aufmerksam, ob unzufriedene Stimmen laut würden, weil er und Haimya mit Waffen gegen unbewaffnete Gegner antraten. Doch er hörte nichts und murmelte ein kurzes Dankgebet vor sich hin.

Dahrin sah aus wie ein Kämpfer aus alten Zeiten, aus den Tagen von Vinas Solamnus. Er war zwar groß, doch an seinen Proportionen war nichts Ungeschlachtes, und auch seine Bewegungen waren keineswegs unbeholfen. Was Waydol anging, so hatte Pirvan noch nie jemanden gesehen, der so rohe körperliche Kraft ausstrahlte. Er wünschte, er hätte Waydol in jungen Jahren sehen können.

Dem Minotaurus merkte man sein Alter vielleicht schon an, doch sein Erbe war im besten Kampfesalter. Beide hatten gegenüber jedem unbewaffneten Gegner einen gewaltigen Vorteil, was Reichweite und Schlagkraft anging. Ohne die Stäbe hätten Pirvans und Haimyas Bemühungen wohl eher unterhaltsam als sinnvoll ausgesehen.

Haimya rückte jetzt von Pirvan ab und begann, mit dem linken Fuß Kreise auf dem Boden zu markieren. Pirvan wußte nicht, weshalb sie ein solches Ritual brauchte oder den Boden prüfte, denn der war eben wie eine Tischplatte, und er konnte auch nichts erkennen, was auf Unterschiede in der Bodenbeschaffenheit hingewiesen hätte. Aber wenn es sie beruhigte, sollte sie es ruhig tun.

Auf jeder Seite trat ein Herold vor und verlas unter erneutem Trommelwirbel die Regeln dieses Gottesurteils durch Nahkampf. Gnädigerweise schwieg der Trompeter, bis die Ankündigung vorüber war, doch dann ließ er sein Instrument aufheulen wie einen gepeitschten Esel.

»Waydol!« brüllte Pirvan. »Wenn Ihr mir nach diesem

Kampf den Eid leistet, werde ich eines mit Sicherheit von Euch verlangen.«

Der Minotaurus riß seinen behörnten Kopf hoch. »Und das wäre?«

»Daß Ihr Euch einen neuen Trompeter sucht oder dem da beibringt, wie man richtig spielt!«

Gelächter mischte sich in den Jubel auf beiden Seiten. Dann erklangen wieder die Trommeln. Die beiden Herolde hoben ihre Amtsstäbe, die aussahen, als wären sie aus Walrippen geschnitzt, und die vier Kämpfer betraten die Arena.

Die ersten paar Minuten verstrichen mit Finten und Ausweichmanövern, durch die jede Seite versuchte, die jeweils andere Partei besser einzuschätzen, ohne etwas über sich selbst zu enthüllen. Es war nicht leicht für Pirvan und Haimya, ihre Kampfkunst nicht zu früh zu zeigen oder sich dadurch zu ermüden, daß sie ihre größere Schnelligkeit nutzten, um außer Reichweite zu bleiben.

In diesem Teil des Kampfes kam es nur einmal zu einer Berührung, als Waydol mit voller Kraft nach vorn stürzte und gegen Pirvans Stab schlug. Der Schlag streifte den Stab nur, aber er erschütterte Pirvans Arme bis zu den Schultern hoch. Er sprang nach hinten, vollzog einen Überschlag, um den Abstand zum Gegner zu vergrößern, dann richtete er sich auf, spuckte den Staub aus und betrachtete Waydol mit neuerwachtem Respekt.

Der Minotaurus lachte. Es war kein grausames Lachen, mit dem man sich über die Schmerzen des anderen freut. Es war das Lachen von jemandem, der ganz in der Lust am Kämpfen aufgeht.

Ich will diesen Kampf überleben, dachte Pirvan. *Daran werden wir uns noch lange erinnern. Sogar mit Waydol und Dahrin zusammen, wenn wir alle so lange leben, daß wir als Kameraden alt werden können.*

Dahrin schien nun jedoch anderes im Sinn zu haben als künftige Kameradschaft. Er war schneller, als Pirvan erwartet hatte, denn mit seinen langen Beinen konnte er rasch an Tempo zulegen. Sein einziger Nachteil war, daß er seine Richtung nicht schnell genug ändern konnte. Mehrere Male rannte er auf Haimya zu, die ihm nur durch blitzschnelles Ausweichen nach links oder rechts entging. Immerhin bewahrte sie dies vor einem möglicherweise tödlichen Ringkampf.

Zweimal stieß sie mit ihrem Stab nach Dahrins Knien, und einmal traf sie ihn so fest, daß er kurz stehenblieb und sein Knie überprüfte. Aber das Gelenk konnte sein Gewicht noch immer in jeder nötigen Geschwindigkeit tragen; Haimya konnte noch nicht einmal die Ehre des ersten Blutstropfens für sich verbuchen.

Auch Pirvan mußte schneller werden, um Waydol einige Male anzugreifen. Er wäre auch bereit gewesen, zuerst von hinten zuzuschlagen, doch er sah keine Möglichkeit, hinter Waydol zu gelangen und ihm auf diese Weise Schaden zuzufügen. So zielte er nach Waydols Ellenbogen und Händen und traf dreimal. Immerhin blieb der Minotaurus einmal stehen, um an seinem Fingerknöchel zu saugen.

Der Knöchel blutete; die derbe Minotaurenhaut war also verletzbar. Außerdem war es das erste Blut.

Pirvan vollzog das Ritual des ersten Bluts, wie schon zwei Tage zuvor bei dem Bogenschützen. Waydols Erwiderung war ein neuerliches brüllendes Gelächter. Dahrin war weniger höflich; er spuckte vor Haimyas Füße.

Der Kampf ging weiter.

Es dauerte nicht lange, bis beide Seiten schweißüberströmt waren und anfingen zu keuchen. Pirvan hatte nichts gegen den Schweiß; zusammen mit dem Fischöl würde er dafür sorgen, daß Pirvan und Haimya nur noch schlechter zu packen waren. Aber sie mußten noch etwas Atem für den unvermeidlichen

Höhepunkt des Kampfes zurückbehalten, der in dem Moment kommen würde – wenn nicht ein Wunder geschah –, wo Waydol und Dahrin ihre Gegner für langsam genug hielten.

Dann würde es einen stürmischen Nahkampf geben zwischen Stärke und Größe auf der einen Seite und Schnelligkeit gepaart mit Stabhieben auf der anderen Seite, und nur die Götter wußten, wie er ausgehen würde.

Alle vier Kämpfer zeigten zudem noch mehr Kampfspuren als nur Schweiß und Atemnot. Dahrin schonte den einen Arm, wo sowohl Pirvan als auch Haimya je einen sauberen, harten Treffer gelandet hatten. Pirvan hatte Kratzer und blaue Flecken davongetragen, als er einem Angriff von beiden Gegnern nur knapp entkommen war. Haimya hatte eine häßliche Schwellung an ihrer Hüfte, wo Waydol sie mit einem überraschenden Tritt gestreift hatte. Hätte der Huf sie voll getroffen, so hätte er ihr zweifellos die Knochen gebrochen. Aber so war Haimya bei dem Tritt nur zurückgetaumelt, während Pirvan Waydol mit einem Schlag in den Magen aus dem Gleichgewicht gebracht hatte. Mit einem Stoß nach seiner Kehle hätte Haimya den Minotaurus dann fast noch zu Fall gebracht.

Aber dann tauchte Dahrin hinter Haimya auf, und sie mußte wieder zur Seite ausweichen, ohne dabei noch einmal nach seinem verletzten Arm schlagen zu können. Danach schien Waydol langsamer zu werden, aber er konnte seine gewaltigen Fäuste noch immer in einer Weise schwingen, angesichts derer jeder Gegner bei klarem Verstand wußte, er mußte auf der Hut sein.

Wer allerdings immer nur auf der Hut war, konnte auf Dauer nicht weit kommen. Früher oder später würden auch Pirvan und Haimya das Risiko eingehen müssen, näherzukommen, damit sie eine empfindliche Stelle treffen und ihre Gegner so langsamer machen konnten.

Falls *dieser Minotaurus überhaupt empfindliche Stellen hat*, fügte Pirvan in Gedanken hinzu. Alle lebenswichtigen Organe eines Minotaurus waren durch seinen riesigen Leib so gut geschützt wie die eines Menschen durch dessen Rüstung. Und Waydols Leib war noch umfangreicher als der eines durchschnittlichen Minotaurus, und das keineswegs durch Fettpolster!

Der Ritter und seine Frau wechselten einen Blick, dann sahen sie Dahrin an. In weitem Bogen rannten sie um Waydol herum, um sich seinem Erben zu nähern. Der Minotaurus war weniger verwundbar als Dahrin und hatte bisher sehr überlegt gekämpft, um daran auch so schnell nichts zu ändern. Pirvan und Haimya mußten Waydol reizen, und das konnten sie sicher am besten, indem sie seinen Erben niederstreckten.

Gleichzeitig schlugen sie zu. Einen Augenblick lang sah es so aus, als hätten sie Erfolg gehabt, denn um sie herum erhob sich lautstarker Jubel. Aber Dahrin bewegte Arme und Beine auf unglaublich geschickte Art und mit einer unglaublichen Geschwindigkeit.

Pirvan mußte mit ansehen, wie ihm sein Stab zur Seite weggedrückt wurde, dann fühlte er einen schweren Schlag gegen seine Wange. Er gab dem Stoß nach, so gut er nur konnte, ließ sich fallen und rollte sich aus der Gefahrenzone, während er den Stab schützend über sich hielt.

Mühsam kam er wieder auf die Füße und wäre fast ein zweites Mal gestürzt, doch mit Hilfe des Stabs hielt er sich auf den Beinen. Haimya befand sich zwischen Waydol und Dahrin, eine verhängnisvolle Position, und Pirvan konnte seine Füße nicht dazu bringen, sich zu rühren!

Statt dessen sah er, wie Haimya bis zum letzten Augenblick abwartete, in dem der Minotaurus und sein Erbe sich auf sie stürzen würden. Sie waren nicht übereingekommen, wer sie angreifen und wer ihr den Rückzug versperren sollte, und so griffen beide gleichzeitig an. Sie hielten genau aufeinander zu, und als Haimya zwischen ihnen herausschoß, konnten sie nicht mehr abbremsen.

Sechseinhalb Fuß Mensch und acht Fuß Minotaurus stießen mit einem lauten Krachen zusammen. Der Aufprall warf Waydol rücklings zu Boden und ließ Dahrin taumeln. Er war zwar immer noch in der Lage, nach der fliehenden Haimya zu greifen, aber er packte mit seinem geschwächten Arm zu. An ihrer eingeölten Schulter fand er keinen Halt, erwischte aber ihren oberen Lederstreifen, riß ihn ab und fiel dann auf die Knie.

Die Rufe und der Jubel auf beiden Seiten wurden lauter. Pirvan war nicht sicher, ob der Beifall dem Kampf galt oder der Tatsache, daß Haimya nun ab der Gürtellinie aufwärts unbekleidet war.

Das spielte jedoch keine große Rolle, denn nun geschah etwas viel Wichtigeres – Pirvan spürte seine eigene Kampfkraft zurückkehren. Einen Augenblick lang war er sich vorgekommen, als würde sein Gehirn in seinem Schädel herumrollen, und als würden ihm alle Zähne ausfallen, wenn er jetzt bloß nieste. Aber er hatte von Dahrins Angriff nichts Schlimmeres davongetragen als eine blutige Lippe und fürchterliche Schmerzen in der einen Wange.

Haimya verschwendete keinen Gedanken auf ihre plötzliche Entkleidung. Sie sah beide Gegner auf dem Boden liegen und stürmte heran, um wenigstens einen zu erledigen.

Doch Waydol rollte sich herum und ergriff im Hochkommen Haimyas zustoßenden Stab mit beiden Händen. Haimya ließ los, warf sich mit einem Überschlag zurück und kam in sicherer Entfernung wieder auf die Beine, gerade als Waydol den Stab wie einen Zweig zerbrach und die Teile fortwarf.

Damit saß nur noch Dahrin, Pirvan den Rücken zugewandt, auf der Erde. Aber Pirvan kam nicht schnell genug an ihn heran, und Waydol stieß einen Warnruf aus. Dahrin sprang auf und wirbelte herum, so daß Pirvan nur noch nach der Hand mit dem Lederstreifen stoßen konnte. Der Hieb traf sein Ziel, das Leder fiel herunter, dann wichen Waydol und Dahrin, zum ersten Mal in diesem Kampf, zurück.

Pirvans Männer waren denen Waydols zahlenmäßig vierfach unterlegen, aber das machten sie durch ihr begeistertes Jubeln wett.

Pirvan schoß vor, spießte Haimyas Kleidungsstück mit einem Ende seines Stabes auf und hielt es ihr hin, als sie hochkam.

Sie war schmutzig, glänzte vor Schweiß und Öl und blutete an der Schulter, wo Dahrins Nägel ihr die Haut aufgerissen hatten. Sie sah aus wie der fleischgewordene Inbegriff einer Kriegsgöttin, so, wie die Sterblichen sie sich vorstellten.

»Danke, daß du dich um meinen Anstand sorgst«, sagte sie, während sie den oberen Streifen unter den unteren klemmte. »Aber ich glaube, dafür habe ich jetzt eine bessere Verwendung. Können wir den Kampf an den Punkt zurückführen, wo wir angefangen haben?«

»Wie bitte?«

»Als ich mit dem Fuß Kreise auf den Boden gemalt habe und du dachtest, es wäre ein Ritual.«

»Oh.« Licht durchdrang die Dunkelheit von Pirvans schmerzendem Schädel. Er nickte vorsichtig. »Wir müssen so tun, als wären wir schlimmer verletzt, als wir in Wirklichkeit sind, damit sie uns folgen.«

»Noch eine Begegnung mit einem von diesen Ungeheuern, und ich muß bestimmt nicht mehr so tun als ob«, sagte Haimya, während sie sich Rippen und Schulter rieb.

»Vorwärts«, stieß Pirvan hervor. Es war mehr ein Grunzen als ein Befehl, und Haimya brachte sogar ein Lachen zustande.

Die anfeuernden Rufe wichen fassungslosem Schweigen, als Pirvan und Haimya zurückwichen, während Waydol und Dahrin vorrückten. Es war ein langsamer Rückzug, der zu dem langsamen Vorrücken paßte, und der Ritter wie seine Frau versuchten ununterbrochen, den Zustand ihrer Gegner zu beurteilen.

Waren der Minotaurus und sein Erbe verletzt? Oder waren

sie nur vorsichtig – täuschten womöglich selbst eine Verletzung vor? Von der richtigen Antwort konnte die Entscheidung über Leben oder Tod abhängen – aber für keine Antwort gab es eine Gewähr.

Schließlich gab Haimya ihrem Mann ein Zeichen, daß sie an der richtigen Stelle waren. Pirvan nickte und rückte nach links ab, um Waydol abzulenken. Dieser hatte immer noch zwei unversehrte Arme und eine längere Reichweite als Dahrin, der jetzt den einen Arm merklich schonte.

Dahrin griff an. Haimya duckte sich, rollte sich weg und hatte beim Hochkommen plötzlich den oberen Lederstreifen in der Hand – und etwas, das darin eingewickelt war.

Sie lief weg, und Dahrin setzte ihr augenblicklich nach. Sie rannte schnell wie eine Hirschkuh, und Waydol wollte hinterher, doch Pirvan sprang vor und traf ihn am Steiß. Haimya mußte ein paar Sekunden lang den Vorteil eines einzigen Gegners ausnutzen können.

Waydol drehte sich herum. Seine Arme wirbelten durch die Luft, und wieder einmal duckte sich Pirvan weg. Als er erneut hochkam, sah er Haimya den Lederriemen dreimal über ihrem Kopf schwingen und dann ein Ende loslassen.

Ein Stein von der Größe einer Kinderfaust flog aus der improvisierten Schleuder auf Dahrin zu, und zwar so gerade, wie ein Steinmetzhammer auf einen Keil niedersinkt. Und er traf Dahrins Stirn mit der Wucht eines solchen Hammers.

Waydols Männer waren zu fassungslos zum Schreien, und Pirvans Leute zu dankbar.

Der Minotaurus dagegen war nicht so wortkarg. Er warf Dahrin einen wütenden Blick zu und stieß ein paar Worte in seiner eigenen Sprache hervor. Pirvan beherrschte die Sprache der Minotauren nicht, aber er nahm an, daß schon Blutfehden nach milderen Worten ausgebrochen waren.

Tatsächlich sah es so aus, als hätten Pirvan und seine Frau Waydol endlich dazu gebracht, die Beherrschung zu verlieren.

Während der nächsten paar Augenblicke waren der Ritter und Haimya vollauf damit beschäftigt, zu verhindern, daß Waydol sie in Stücke riß. Hätte er nicht die halbe Zeit auf den Versuch verwendet, beide gleichzeitig zu fangen, jeden mit einer Hand – einen allein hätte er sicherlich zur Strecke gebracht.

So jedoch war Waydol schweißüberströmt und keuchte wie ein Blasebalg in der Schmiede, als sein wilder Ausbruch vorüber war. Pirvan und Haimya sahen sich an. Beide hatten neue Verletzungen davongetragen, als Waydols Fäuste und Nägel sie gestreift hatten. Pirvan konnte kaum sprechen; Haimya schonte ein Bein, und neue Kratzer hatten die obere Hälfte ihres Körpers mit einer Mischung aus Blut und Schweiß überzogen.

Entweder sie siegten bald – oder gar nicht.

Sie stürmten von entgegengesetzten Seiten auf Waydol zu, damit dieser seine Aufmerksamkeit teilen mußte. Er senkte den Kopf – nun endlich war er bereit, mit den Hörnern zuzustechen. Pirvan verdrängte die Vorstellung, wie Haimya von einem dieser Hörner wie eine gebratene Taube aufgespießt würde.

Doch den Kopf zu senken, war Waydols entscheidender Fehler. Pirvan und Haimya rannten auf ihn zu – und der Ritter warf seiner Frau seinen Spieß zu, während sie ihm ihre Lederschlinge zuwarf.

Nie im Leben war Pirvan so schnell gerannt wie auf diesen paar Schritten, die er brauchte, um hinter Waydol zu gelangen. Er sprang dem Minotaurus auf den Rücken, trat ihm fest ins Kreuz und schlang ihm den Lederriemen um den Hals.

Waydol bäumte sich auf, so daß Pirvan an der Schlinge baumelte. Aber das zähe Leder straffte sich unter seinem Gewicht über der Luftröhre des Minotaurus. Waydol griff nach hinten, um Pirvan zu packen und in Stücke zu reißen – wodurch er Haimya mit ihrem Stab ausgeliefert war.

Sie stieß mit aller Kraft nach seiner Kehle, seinem Bauch, seinen Lenden und beiden Knien. Dann begann sie noch einmal von vorne. Waydol ging in die Knie, und einen Augenblick später trat Pirvan hinter dem Minotaurus hervor und griff nach Haimyas Arm.

»Halt, meine Frau und Geliebte. Er kann nicht weiterkämpfen.«

Waydol nickte unter Schmerzen. Er versuchte zu sprechen, aber die Schläge an seinen Hals hatten ihm vorläufig die Stimme geraubt. Statt dessen hob er beide Hände und legte sie in die von Pirvan. Der Ritter umklammerte die blutigen Hände des Minotaurus mit seinen eigenen, die ganz zerschunden waren, und von weither kam ihm der Gedanke, daß er und Waydol nun gewissermaßen Blutsbrüder waren.

Dann versank die Welt im ohrenbetäubenden Geschrei, bei dem jeder einzelne mehr Lärm zu machen versuchte als alle anderen zusammen. Was Pirvan betraf – das Gejohle machte nur seine Kopfschmerzen schlimmer.

Haimya stand vor ihm, und er hielt ihr das Stück Leder hin. Anstatt es anzunehmen, lehnte sie sich an ihn. Er fand ihre Geste rührend, Zeitpunkt und Ort jedoch falsch gewählt, doch auf einmal ging sie in die Knie. Pirvan hatte gerade noch Zeit, sich zu bücken und sie aufzufangen – doch als er dann aufstehen wollte, merkte er, daß ihm auch die Beine den Dienst versagten.

Pirvan wurde nicht ohnmächtig. Später erinnerte er sich an eine halbe Armee, die auf das Feld gerannt kam, angeführt von Birak Epron und Rubina. Von irgendwo anders kamen Pertig Temperer, ein Kender und ein kleiner Mann mit silberweißen Haaren und einer schmutzigblauen Robe.

Er erinnerte sich auch daran, daß man ihm den Namen des Mannes nannte, doch den Namen selbst wußte er später nicht mehr, und auch nicht, daß er ein Priester der Mishakal war. Er erinnerte sich, daß Rubina ihn und Haimya umarmte und dabei ihren Stab fallenließ, der beinahe zertrampelt wurde, ehe Birak Epron sein Schwert zog und die Menge auf sicheren Abstand zurückdrängte.

Sir Pirvan von Tiradot wurde nicht wirklich ohnmächtig. Aber außer der Tatsache, daß er Haimyas Hand genommen hatte, wußte er später nicht mehr besonders genau, was er gemacht hatte und was um ihn herum geschehen war.

Kapitel 6

Die Scheite in Waydols gemütlicher Hütte knackten und gaben einen beruhigenden Piniendüft ab.

Das waren nur zwei von vielen angenehmen Geräuschen und Gerüchen – und Anblicken und Geschmäckern –, die Pirvan während der Tage seit dem Gottesurteil genoß. Er hatte sie immer schon mehr genossen, wenn er kurz zuvor sein Leben aufs Spiel gesetzt hatte, und eine Zeitlang fragte er sich, ob er je wieder etwas so genießen würde.

Er nippte an einem Becher voll mit Sirbones Glühwein. Das half zwar nicht gegen schwere Verletzungen, wie auch der Priester der Mishakal gesagt hatte, aber es verlangsamte auch nicht ihre Heilung durch mächtigere Sprüche. Was die kleineren Verletzungen anging, so konnte man die mit Hilfe des Weins wenigstens eine Weile vergessen.

Pirvan nahm einen besonders großen Schluck. Er wollte neben den kleineren Verletzungen vieles andere vergessen, dann neben Haimya einschlafen, aufwachen und ihre Wärme sowie das leise Geräusch ihres Atmens genießen …

All das würde zur rechten Zeit geschehen, doch die war noch nicht gekommen.

Waydol leerte seinen Kelch, der größer war als der von Dahrin, und Dahrins war schon so groß wie Haimyas und Pirvans Becher zusammen. Er setzte den Kelch ab, wischte sich den Mund mit einem sauberen Tuch trocken und hustete dann so gedämpft, daß man ihm seine immer noch andauernden Schmerzen anmerkte.

»Ich fürchte, ich kann den Trompeter nicht entlassen«, sagte Waydol. Seine Stimme klang gepreßt, als hätte er Verstopfung, war jedoch ebenso laut wie zuvor. Sirbones war ein sehr erfahrener Heiler, und obwohl alle Teilnehmer am Kampf sich noch tagelang unter Schmerzen an diese Erfahrung erinnern würden, würde keiner einen dauerhaften Schaden davontragen.

»Es wäre beschämend für ihn«, fügte der Minotaurus hinzu. »Er ist zu meiner Bande gestoßen, weil er einem harten Lehrherrn entrinnen wollte. Trompete zu spielen war sein einziges Vergnügen.«

»Es ist eine Qual für all seine Zuhörer«, entgegnete Pirvan. »Schließen wir einen Handel um den Trompeter ab. Wenn er in die Welt hinauszieht, suche ich ihm einen Lehrer, der ihm sagen kann, ob er musikalisch begabt ist. Wenn ja, gut und schön. Wenn nicht, können wir ihm eine andere Aufgabe suchen.«

»Ihr steht zu Eurem Ehrenwort«, sagte Dahrin. Er sprach leise, damit er nicht den Kopf bewegen mußte. Von den vier Kämpfern war er derjenige, der dem Tode am nächsten gekommen war; ohne seinen ungewöhnlich dicken Schädel hätte vielleicht nicht einmal Sirbones noch etwas für ihn tun können.

»Ich bin Ritter von Solamnia«, sagte Pirvan. »Ich weiß, das erklärt nicht alles, aber ich habe keine Zeit, Euch jeden Gedanken zu erklären, den ich zur Frage der Ehre hege. Lassen wir es bei der Bemerkung bewenden, daß ich Eure Männer ebensowenig verraten werde, wie ich meine eigenen verraten würde, und finden wir heraus, wie wir sie am besten retten können.«

Als Pirvan Waydols Friedensschwur entgegengenommen hatte, hatte er nur verlangt, daß Waydol allen Mitgliedern seiner Bande auf Wunsch freies Geleit zusicherte. Die Schiffe von Jemar dem Schönen würden sie nach Solamnia bringen, wo jede Verfolgung durch die Istarer unwahrscheinlich war, sofern sie ein friedliches Leben führten.

Waydol war nur durch Loyalität an seine Männer gebunden. Pirvan vermutete, daß der Minotaurus vorhatte, in seine Heimat zurückzukehren und seine wertvollen Erfahrungen mit den Menschen an die Seinen weiterzugeben.

Zweifellos würden die Speichellecker des Königspriesters behaupten, daß Pirvan Waydol aufhalten oder nötigenfalls sogar erschlagen müsse. Ebenso zweifellos aber würde Pirvan keinen Finger krumm machen, um Waydol aufzuhalten, sondern im Gegenteil jedem, der dies versuchte, den blanken Stahl zeigen.

Was der Ritter am meisten daran bedauerte, daß er Waydol nach Norden segeln ließ, war nicht das, was er seinem Volk erzählen mochte. Es war der Verlust der Möglichkeit, den Minotaurus besser kennenzulernen. Waydol konnte den Rittern ein paar Dinge über Ehre und Eide beibringen; und Pirvan hätte dies unbedingt lernen wollen.

»Was wird aus denen, die nicht nach Solamnia flüchten, aber doch ihr Leben als Gesetzlose aufgeben wollen?« fragte Dahrin. »Könnt Ihr für die etwas tun?«

»Die Ritter würden zweifellos zu jeder Zusage stehen, die ich gebe, wenn sie das Feld übernehmen«, sagte Pirvan. »Aber ich denke, Aurhinius wird die Sache beilegen wollen, bevor es soweit kommt. Deshalb würde ich dringend empfehlen, daß alle, die auf dem Landweg fliehen wollen, dies tun, bevor wir belagert werden. Wenn sie im stillen aus der Bande verschwinden und anderswo als ehrliche Männer auftauchen, wird sie kaum jemand belästigen. Was wir jedoch unbedingt vermeiden müssen, ist, daß jemand anders sich an Eurer Stelle zum Hauptmann einer Gesetzlosenbande aufschwingt. Dann werden die Istarer dieses Land durchkämmen, bis es völlig zerstört ist, und ihre Flotte und Armee werden vor Karthay lauern, bis die Stadt die Geduld verliert.«

Diese Worte waren Pirvan entschlüpft, noch ehe ihm klar wurde, daß es für einen Minotaurus durchaus eine erfreuliche

Aussicht sein konnte, wenn Karthay und Istar ihre Kräfte in einem sinnlosen Krieg aufrieben.

Waydol glaubt an die Überlegenheit der Minotauren wie jeder aus seinem Volk, dachte Pirvan. *Aber er glaubt auch, daß sie ihre Überlegenheit durch einen ehrenvollen Sieg zeigen müssen.*

»Ich werde mit jedem ehrgeizigen Mann in meinen Reihen ein paar Worte reden«, sagte Waydol. »Dahrin, bist du in der Lage, die *Möwenschwinge* zu nehmen und damit Jemar den Schönen zu suchen?«

»Mir geht es gut, Waydol.«

»Hat Sirbones auch gesagt, daß es dir gut geht?«

»Noch nicht.«

»Dann bleibst du an Land, bis er das sagt«, entschied Waydol. Man konnte mit ihm genausowenig streiten wie mit einer Axt.

»Jemar wird uns vielleicht auch ohne Dahrins Hilfe finden«, meinte Pirvan. »Außerdem gibt es auch Signale, die er erkennen wird. Wenn ihr Leuchtfeuer auf den Klippen über der Bucht entzündet, werden sie bis weit hinaus aufs Meer zu sehen sein.«

»Für die Istarer genauso wie für Jemar«, warf Dahrin ein.

»Ich glaube, die Lage unserer Festung ist ohnehin kein großes Geheimnis mehr«, sagte Waydol. »Jetzt müssen wir unseren Freunden helfen, schneller hierher zu gelangen als unsere Feinde.«

Aurhinius erwachte von lautstarken Rufen und polternden Schritten oben an Deck. So schien er an Bord der *Fliegenden Jungfer* – oder auch jeden anderen Schiffes – immer aufzuwachen. Zum Glück hatte er einen festen Schlaf; seine gute Verdauung schenkte ihm mehr als nur eine gewisse Rundung am Bauch.

Die hastigen Schritte verstummten, doch das Rufen ging

weiter. Aurhinius begann, einzelne Worte zu verstehen. Anscheinend hatte man ein unbekanntes Schiff gesichtet.

Er beschloß, sich anzuziehen und an Deck zu gehen, um mit anzusehen, wie der Kapitän damit umging. Es war der erste derartige Vorfall, seit er an Bord gekommen war; alle anderen gesichteten Schiffe hatte man als Handelsschiffe der einen oder anderen Nation identifiziert. Und dann hatte es noch eine Begegnung gegeben – mit einem tiefliegenden Segelschiff, das so schnell in eine Nebelbank geflitzt war, daß man vermuten durfte, seine Mannschaft wolle nicht erkannt werden.

Aurhinius kleidete sich weniger sorgfältig an als gewöhnlich. Auch wenn er großen Wert auf eine feine Aufmachung legte, war ihm seine Würde doch noch wichtiger – und wer an Bord eines Kriegsschiffes Kleider anlegte, als wäre er auf einer Audienz mit dem Königspriester, machte sich einfach nur lächerlich.

In einer langen Wolltunika und Leinenhose kam Aurhinius ungefähr zu dem Zeitpunkt an Deck, als der Ausguck vom Mastkorb herunterrief: »Deck ahoi! Es ist eine leichte Galeere unter Segeln. Keine Flagge, soweit ich sehen kann, aber sie kommt auf uns zu.«

Aurhinius sah den Kapitän an. Der zuckte mit den Schultern. »Von unseren Spähern fehlt keiner. Könnte ein Bote sein, aber wenn er von Westen kommt, ist er wahrscheinlich aus Solamnia. Kann jedoch nicht so viele Männer an Bord haben, also können wir nicht darauf hoffen, daß die Ritter sich uns anschließen.«

»Ganz meine Meinung«, bestätigte Aurhinius.

Die nächsten Nachrichten vom Mast überraschten jeden Mann an Bord. »Sie hat die Ruder ausgebracht und hißt die Fahne des Waffenstillstands. Immer noch keine Flagge, aber auf dem Focksegel ist etwas aufgemalt.«

»Nichts Feindliches, soviel steht fest«, sagte der Kapitän. »Sonst würde sie fliehen.« Er hob sein Sprachrohr und rief nach achtern: »Ruder nach Backbord. Ich will diese Galeere einholen und mit dem Kapitän reden. Und schickt die Männer auf ihre Posten.«

»Signalisiert dem Rest der Flotte, dasselbe zu tun«, schlug Aurhinius vor.

»Bitte vielmals um Verzeihung, Herr«, widersprach der Kapitän, »aber dazu besteht keine Veranlassung. Wenn die *Fliegende Jungfer* mit einer leichten Galeere nicht allein fertig wird, dann könnt Ihr Euer Banner gern anderswo hinbringen.«

»Das würde mir niemals einfallen«, sagte Aurhinius lächelnd. »Eure Gallionsfigur ist viel zu berückend.«

Der Kapitän erwiderte das Lächeln. Die Gallionsfigur des Flaggschiffs war eine lebensgroße Frau von hinreißender Gestalt, die nichts als ein Paar ausgebreiteter Flügel trug. Jede einzelne Feder war säuberlich geschnitzt und vergoldet. Es gab viele unterschiedliche Meinungen darüber, welche Göttin oder Heldin diese Figur verkörperte. Aurhinius gefiel der Gedanke am besten, daß sie der Geliebten des Schnitzers ähnelte.

Bevor die Männer ihre Kampfpositionen eingenommen hatten, rief der Ausguck wieder das Deck an: »Deck ahoi! Die Galeere hat sich uns zugedreht und ihr Focksegel entrollt. Ich kann gerade so erkennen was draufgemalt ist – Habbakuk schütze uns!«

»Was siehst du?« rief der Kapitän nach oben. »Antworte, oder Habbakuk wird dich vor mir nicht schützen!«

»Auf dem Segel ist ein Minotaurenkopf, Kapitän. Ein großer, gewaltiger, roter Minotaurenkopf.«

»Auch Minotauren an Bord?«

»Kann ich nicht … nein, halt. Ich kann Leute an Deck erkennen. Alles Menschen, scheint mir.«

Aurhinius schnippte mit den Fingern, und einer seiner Diener trat vor. »Meine Alltagsrüstung und mein Schwert, bitteschön.«

»Ja, Herr.«

Er wandte sich an den Kapitän: »Wir haben Waydol gesucht. Offenbar hat er auch uns gesucht.«

Seit er drei Tage zuvor in See gestochen war, hatte sich Dahrin gefragt, was aus ihm werden würde, wenn er die Istarer vor Jemar traf. Er hatte aber nicht erwartet, auf die ganze Flotte zu treffen, und das bei einem Wind, bei dem die *Möwenschwinge* unmöglich fliehen konnte.

Da er jedoch Aurhinius' Banner ebenso erkannt hatte wie dieser seines, befand er, daß die Ehre keinen Kampf mit tödlichem Ausgang verlangte. Er befahl, die Friedensfahne zu hissen, und überlegte, was er Aurhinius sagen würde, wenn dieser seine Fahne achtete.

Er hatte nicht erwartet, daß das Flaggschiff von Istar persönlich auf die *Möwenschwinge* zusegeln würde. Es überragte die Galeere wie ein Zugpferd ein Pony. Ebensowenig hatte er den Gruß vom Schiff erwartet.

»Ahoi, Galeere von Waydol! Wenn jemand an Bord ist, der ermächtigt ist, für den Minotaurus zu sprechen, würde Gildas Aurhinius ihn gern an Bord der *Fliegenden Jungfer* bewirten.«

»Wer's glaubt«, murmelte der Decksmaat der Galeere. »Von der Rahe wird er baumeln – von wegen bewirten.«

»Dann wissen wir zumindest alle, daß die Istarer keine Ehre im Leib haben, ganz im Gegensatz zu uns«, sagte Dahrin.

»Aber wir verlieren ...«, setzte der Maat an.

»Wir verlieren nur Zeit, und ich werde bald meine Geduld verlieren«, sagte Dahrin. Seine Stimme dröhnte nicht so wie Waydols, aber es gelang ihm, genauso viel Nachdruck hineinzulegen.

»Aye, aye, Erbe«, gab der Maat sich geschlagen.

Dahrin konnte in einem Boot des Flaggschiffs zur *Fliegenden Jungfer* hinüberfahren, was eine weitere unerwartete Höflichkeit bedeutete. Das Boot kam so schnell an, daß er gerade mal Zeit hatte, das Hemd zu wechseln, welches er trug, seit er das

Schiff betreten hatte, und seine Stiefel schnell mit einem groben Tuch abzureiben.

Dann schwang er sich ins Boot hinunter. Er wußte genau, daß ein großer Teil seiner Männer ihre Augen wie im Gebet zum Himmel richteten, und fragte sich selbst, ob er die Götter nicht bitten sollte, ihn wenigstens davon abzuhalten, etwas Dummes zu sagen.

Er hatte eine Weile wenig Gelegenheit, überhaupt etwas zu sagen, denn er wurde höflich an Bord befördert und dann gleich unter Deck, als ob man ihn vor anderen Augen innerhalb der Flotte verbergen wollte. Wenn das so war – vor wessen Augen?

Diese Sorge fiel sogleich von ihm ab, als er in Aurhinius' Kabine gedrängt wurde. Nun, da er vor dem Mann stand, den er einst gezielt zu demütigen versucht hatte und der jetzt sein Leben in der Hand hielt, wußte er, daß er mehr würde tun müssen, als Dummheiten zu vermeiden. Tatsächlich würde er die Beredsamkeit eines gelehrten Priesters brauchen.

»Ich hoffe doch, daß mein Helm gut gepflegt wird«, sagte Aurhinius. Er machte keine Anstalten, sich zu erheben.

Dahrin hielt sein Gesicht und seine Stimme unter Kontrolle. »Ich habe ihn Waydol persönlich anvertraut. Er weiß Trophäen von würdigen Gegnern zu schätzen.«

»Dann kann ich diese Höflichkeit vielleicht zu gegebener Zeit erwidern«, sagte Aurhinius. »Wenn Ihr ihn bei diesem Kender gelassen hättet …«

»Imsaffor Sausseschritt hat sich in vielen Kämpfen als zuverlässiger, loyaler Kamerad erwiesen«, warf Dahrin ein.

»Das bezweifle ich gar nicht. Aber Kender sind nicht gerade dafür berühmt, gut auf die Wertsachen anderer aufzupassen.«

Jetzt stand Aurhinius auf. Er streckte Dahrin noch immer nicht die Hand zum Gruß entgegen. Auch trat er weder hinter seinem Tisch hervor, noch bot er Dahrin einen Platz an. »Ich glaube, wir suchen beide Jemar den Schönen. Ist das richtig?«

Lügen wäre vergeblich – oder schlimmer. »Ja.«

Aurhinius verschränkte die Hände auf dem Rücken. »Also, Erbe des Minotaurus. Wir können entweder Euer Schiff versenken und Eure Männer an Bord nehmen, damit sie die Suche nach Jemar als unsere Gäste fortsetzen, oder wir segeln zusammen weiter. Ihr habt die Wahl. In der Variante, die Euch Euer Schiff und Euren Männern die Freiheit läßt, dürfte die Antwort liegen. Aus welchem Grund sucht Ihr Jemar?«

»Aus keinem, der Istar schadet oder die Götter beleidigt.«

»Ihr glaubt offenbar, Ihr wißt alles über Istars Angelegenheiten und kennt den Willen der Götter. Das macht Euch ungeheuer weise für Euer Alter. Geradezu unglaublich.« Aurhinius schlug mit beiden Händen auf den Tisch, daß die Tintenfässer und Federn wackelten. »Haltet mich nicht zum Narren! Ich habe keinen Anlaß, Euch zu trauen, dafür jedes Recht – und die Macht –, Euch und Euren Männern den Kopf abzuschlagen.«

»Das habt Ihr«, bestätigte Dahrin und schluckte. »Aber Ihr seid auch weise und, wie ich glaube, ehrenvoll genug, dies nicht zu tun.« Bevor Aurhinius etwas erwidern konnte, fuhr Dahrin fort: »Lord Aurhinius, laßt uns deshalb ehrenvoll miteinander umgehen. Jeder von uns soll sagen, weshalb er Jemar sucht, und schwören, daß er die Wahrheit sagt. Wenn wir das tun und Ihr Jemar nicht schaden wollt, werde ich mit Euch segeln. Ansonsten müßt Ihr für die *Möwenschwinge* und jeden Mann an Bord mit Blut bezahlen. Und seid nicht so sicher, daß Euer Blut nicht Teil des Preises sein wird.«

Dahrin hatte nicht erwartet, daß diese Drohung Aurhinius erschrecken oder zu einem Gewaltausbruch hinreißen würde. Noch weniger aber hatte er das erwartet, was nun folgte, nämlich Gelächter.

»Wenn die Erziehung eines Minotaurus jemanden wie Euch hervorbringt, sollten wir für die jungen Männer aus Istar vielleicht Minotauren einstellen. Ihr habt einen alten Kopf auf jungen Schultern, was heutzutage viel zu selten ist und in Zukunft eher noch seltener werden wird.« Aurhinius schob einen Hocker hinter dem Tisch hervor. »Setzt Euch, Dahrin, und erzählt mir, ob Jemar vorhat, Waydol in einer Weise zu helfen, die Istar schaden kann.«

»Das hat er nicht. Waydol hat Sir Pirvan von Tiradot, dem Ritter der Krone, einen Eid geleistet, nachdem Sir Pirvan ihn in einem Gottesurteil besiegt hat.«

»Ein Mensch hat einen Minotaurus geschlagen?«

Dahrin lief rot an. »Zwei Menschen haben einen Minotaurus und ... einen anderen Menschen geschlagen.«

Aurhinius war zu höflich, um die sich aufdrängende Frage zu stellen, und sagte statt dessen: »Also will Waydol sich aus Istars Hoheitsgebiet zurückziehen – jedenfalls aus dem Gebiet, das er jetzt besetzt hält – und nicht länger den Frieden gefährden? Und das auf Jemars Schiffen?«

»Wenn die Götter es so wollen, ja. Und Ihr habt vielleicht auch etwas dazu zu sagen.«

Aurhinius hatte in der Tat eine ganze Menge dazu zu sagen, was er und Istars Matrosen und Soldaten tun konnten und was nicht. Aber am Ende hatte Dahrin das Gefühl, daß man dem Istarer vertrauen konnte, daß er sich Jemar gegenüber nicht feindselig verhalten würde, solange der Seebarbar Waydol und die Gesetzlosen auflas und nichts anderes unternahm.

Aber wie sollte er den Minotaurus vor Verrat warnen, wenn Aurhinius womöglich nicht wirklich Herr im eigenen Hause war? Dahrin erkannte, daß er die Anzeichen für Verrat am frühesten erkennen würde, wenn er mit der Flotte von Istar segelte. Dann konnte er das Risiko eingehen, bei Dunkelheit oder Schlechtwetter heimlich davonzufahren. Außerdem konnte er sich auf sein solides Schiff und seine Mannschaft verlassen und auf die Gnade der Götter hoffen.

Doch zuvor erhielt er ein freiwilliges Geschenk, auf das er begierig hätte warten sollen, wie ihm erst jetzt aufging. Vielleicht waren die Götter bereits auf seiner Seite.

Der Händedruck zwischen dem General aus Istar und dem Erben des Minotaurus war der zweier Männer, die beide fanden, daß sie einen ehrlichen Handel mit Gewinn abgeschlossen hatten.

Sir Niebar betrachtete die vier Krieger, die vor ihm standen, und die verschlossene Tür hinter ihnen.

»Ich bitte euch, mich und zwei weitere Ritter in einer Angelegenheit zu begleiten, die für die Ritter von Solamnia und den Frieden auf der Welt von großer Bedeutung ist. Wenn einer von euch meint, daß er nicht geloben kann, mir zu gehorchen wie Sir Pirvan, so darf er jetzt gehen. Er wird dadurch nichts verlieren.«

Alle vier Männer sahen ihm in die Augen. Zweifellos fanden sie ihn viel undurchsichtiger als er sie. Aber keiner von ihnen warf auch nur einen Blick zur Tür.

»Also gut. Diese Sache ist nicht nur für die Ritter von Bedeutung, sondern liegt auch Sir Pirvan persönlich am Herzen. Es geht um die unrechtmäßige Gefangennahme eines Kenders.«

Er erzählte ihnen kurz, was Pirvan im Wirtshaus »Zum Oger in Ketten« entdeckt hatte, dann fuhr er fort: »Seit Sir Pirvan seine Reise fortsetzen mußte, haben wir noch mehr über das Wirtshaus in Erfahrung gebracht. Es könnte ein Zentrum besonderer ... Riten sein, die ohne Wissen und Segen des Königspriesters zelebriert werden.«

Die Ausbildung der Schweigenden Diener war nur teilweise ein Ritus, und Sir Niebar wie Sir Marod zweifelten stark daran, daß sie ohne ein gewisses Wohlwollen des Königspriesters vor sich ging. Aber diese Männer zu bitten, offen gegen den Königspriester in den Krieg zu ziehen, wäre zuviel verlangt gewesen. Außerdem sollten sie über den wahren Zweck des Überfalls möglichst wenig wissen, damit jede Rache allein Sir Niebar treffen würde.

Von dem Ehrverlust, weil ich diese guten Männer belügen muß, ganz zu schweigen, fügte Sir Niebar in Gedanken hinzu.

»Also ist der Kender ein Zeuge?« hakte einer der Männer nach.

»In diesem und anderen Fällen.«

»Gegen Menschen oder Kender oder wen?«

Niebar versuchte seine Zunge und sein Temperament im Zaum zu halten. »Spielt das eine Rolle?«

»Nun, Sir Niebar, meiner Meinung nach wird es dringend Zeit, für andere Rassen in die Bresche zu springen. Ich habe nicht viel für diese komischen Kerle übrig, aber ich glaube, man versucht uns hinters Licht zu führen – ich will nicht sagen, der Königspriester tue das, aber vielleicht welche aus seiner Umgebung. Erst werden die Kender schlecht behandelt, und plötzlich tun die Leute sich untereinander dasselbe an.«

»Stimmt«, sagte ein zweiter Mann. »Ich würde auch jedem helfen, außer einem Gossenzwerg.«

Der unsere Hilfe kaum brauchen dürfte, überlegte Niebar. Was den Gossenzwergen an Klugheit fehlte, machten sie seit Jahrhunderten durch ihre Versteckkünste wett, so daß ihre Verfolger oft nicht einmal mehr den Versuch unternahmen, sie zu finden.

Kender hingegen waren so schwer zu übersehen wie die Türme der Erzmagier.

Finsternis senkte sich über die See wie ein riesiger Deckel auf eine Schüssel. Tarothin stand auf dem Mitteldeck der *Stolz der Berge* und versuchte, die Entfernung zu dem Schiff mit dem Minotaurenkopf auf dem Focksegel abzuschätzen.

Alles, was er jetzt davon sehen konnte, war die Laterne am Heck. Längst hatte die Dunkelheit den Minotaurenkopf und alles an Bord verschluckt, selbst den jungen Riesen, der, selbst so groß wie ein Minotaurus, über das Deck schritt.

Waydol hatte seinen Erben auf See geschickt, wahrscheinlich mehr auf die Suche nach Jemar als nach dem Mann, den er gefunden hatte. Dank der Gnade der Götter, der Ehre von Aurhinius und wahrscheinlich der Unwissenheit der Priester der Zeboim hatte der Erbe diese unerwartete Begegnung sogar überlebt.

Tarothin hatte die Trance zum magischen Hören nach dem ersten Mal nur sparsam benutzt, in den letzten paar Tagen überhaupt nicht mehr. Im Augenblick schienen sich die Priester der Zeboim ruhig zu verhalten, doch der Zauberer hätte zehn Jahre seines Lebens dafür gegeben, den Grund zu erfahren. Glaubten sie, daß der Sieg bereits errungen war, ohne daß sie sich weiter anstrengen mußten? Oder hoben sie ihre Kräfte für entsetzliche Kämpfe auf, die noch vor ihnen lagen?

Vieles hing natürlich davon ab, wie sie einen Sieg definierten – und dazu hätte Tarothin nicht einmal eine Vermutung äußern mögen. Zeboims Priesterschaft behielt ihre Geheimnisse noch mehr für sich als andere Priesterschaften, und wenn Diener der Zeboim in See stachen und auf persönlichen Befehl des Königspriesters in jeder Hinsicht freie Hand hatten, konnte ein gewöhnlicher Mensch oder auch ein Zauberer sie wohl kaum verstehen.

Doch obwohl Tarothin sie nicht verstand, konnte er doch immerhin eine Warnung aussprechen. Die Rote Robe überlegte noch einmal, wie weit Waydols Schiff entfernt sein mußte. Tarothin war kein geübter Schwimmer, denn er hatte diese Fähigkeit erst spät erlernt, aber er war auch nicht mehr der Mann, der er auf der *Goldenen Tasse* auf der Reise zum Kratergolf gewesen war. Damals wäre er wie ein Stein gesunken, wenn er über Bord gefallen wäre.

Außerdem war das Wasser wärmer als weiter südlich, es herrschte nur leichter Wind, und die Dunkelheit konnte ihn verstecken. Wenn er nur ohne Platschen von Bord käme, denn sonst würde man Alarm schlagen und Boote nach ihm ausschicken …

Boote: Wie viele Schiffe der Flotte hatte die *Stolz der Berge* ein paar seefeste Barken dabei, die zum Segeln oder Rudern geeignet waren und schwere Lasten wie Soldaten oder Vorräte transportieren konnten. Die Zugtaue waren am Mitteldeck festgemacht. Wenn Tarothin an einem davon ungesehen hinunterklettern und dann heimlich aus der Barke ins Wasser gleiten konnte …

Das war eine jener Entscheidungen, die man umsetzen mußte, bevor man zuviel darüber nachdenken konnte, damit einen nicht der Mut verließ, bevor man es überhaupt versucht hatte. Tarothin hatte seinen Stab bei sich und einen wasserdichten Beutel mit Kräutern für bestimmte Sprüche, den er nicht einmal zum Baden ablegte.

Er konnte ebensogut jetzt gehen wie später. Er weigerte sich darüber nachzudenken, was geschehen würde, wenn er die falsche Richtung einschlug, auf hungrige Raubfische traf oder sich so lange im Wasser aufhalten mußte, bis ihn wegen der Kälte die Kräfte verließen.

Er vergewisserte sich, daß niemand nach backbord sah. Dann kletterte er über die Reling, schlang Arme und Beine um das Zugtau und begann ungeschickt daran in Richtung Barke hinunterzurutschen.

Kapitel 7

»Halt! Wer da?« rief ein Posten.

Pirvan hatte gerade absitzen wollen, hielt aber, ein Bein noch im Steigeisen, inne. Dann schwang er sich auf sein Pferd zurück. Es war noch immer kein Streitroß, aber wenigstens war es nicht wieder so ein jämmerliches Knochengestell wie das Tier, auf dem er am ersten Tag in Waydols Lager eingezogen war.

Waydol hatte befohlen, die Patrouillen zu verstärken, und dafür sowohl Kavallerie als auch Infanterie ausgeschickt, da sie mittlerweile beinahe vierzig Pferde hatten. Als Ritter von Solamnia hielt man Pirvan für den besten Anführer der berittenen Truppen und für den erfahrensten in der schwierigen Kunst des Patrouillierens.

Pirvan hatte darüber ebenso herzlich gelacht wie Birak Epron und Haimya.

Weniger komisch war die Gefahr, womöglich gegen Soldaten aus Istar oder deren Verbündete kämpfen zu müssen. Die Ehre gebot Pirvan, Waydols Männer zu führen und zu verteidigen, bis Jemar ankam und sie in Sicherheit brachte. Wenn seine Ehre jedoch von ihm verlangen sollte, Istarer Soldaten zu töten, würden die Herrscher der Stadt den Rittern von Solamnia über einen gewissen Sir Pirvan von Tiradot wohl einiges zu sagen haben.

Bisher hatte es jedoch keine derart unerfreulichen Zusammenstöße gegeben. Pirvan hatte an hungernde, auf der Flucht befindliche Bauern Zwieback und gepökelten Fisch verteilt, in weiter Ferne Kavallerie aus Istar gesichtet und neuen Rekruten für Waydol den Weg zum Lager gewiesen. Seit Beginn seiner Patrouillenritte hatte er keine Waffe gezogen, geschweige denn mit Blut befleckt.

Heute nacht bestand die Patrouille aus fünf Berittenen – einschließlich Pirvan – und zehn weiteren Männern zu Fuß. Die Hälfte der Fußsoldaten waren Veteranen von Birak Epron, welche die andere Hälfte, Waydols Rekruten, unterwiesen.

Nach der Nervosität in seiner Stimme zu urteilen, mußte der Posten einer der neuen Männer sein.

Pirvan trieb sein Pferd weiter, während er die anderen anwies, sich seitlich von ihm zu verteilen. Er bezweifelte, daß sie auf einen Hinterhalt oder auf ernsthaften Widerstand gestoßen waren, aber es war immer gut, ein paar Männer außerhalb einer Falle zu wissen, damit sie davonreiten oder wegrennen und die anderen warnen konnten.

Es war eine nur leicht bewölkte Nacht, der Himmel stellenweise klar. Solinari nahm zu und Lunitari ab. Es gab genug Licht, um mit etwas Glück Freund und Feind unterscheiden zu können, und mehr konnte ein Krieger sich bei einem nächtlichen Kampf kaum erhoffen.

»Halt!« erklang es wieder. »Wer da … ahhh!«

Der Schrei des Postens klang wie der eines Menschen, der von den Fängen eines Monsters erwischt wird. Pirvan erschauerte unwillkürlich, obwohl er sicher war, daß in dieser Nacht nur menschliche Gegner unterwegs waren. Diesmal stieß er sein Pferd mit den Fersen an, und das Tier fiel in einen leichten Galopp. Ein schnelleres Tempo wagte der Ritter in der Dunkelheit auf unbekanntem Boden nicht.

Pirvan und seine Reiter hatten den Posten schon überrannt, ehe sie ihn bemerkten. Der Ritter erhaschte einen kurzen Blick auf eine Leiche, die mit aufgeschlitzter Kehle auf dem Boden lag. Zwei Gestalten in dunklen Kleidern standen über dem Toten. Dann tauchten ein dritter und ein vierter Feind aus der

Dunkelheit auf, beide beritten und ebenfalls dunkel gekleidet. Pirvan fiel auf, daß alle vier Angreifer für Gesetzlose viel zu gut angezogen waren, aber sie waren auch keine Istarer, falls die dunklen Sachen keine Verkleidung darstellten.

Das war für einige Zeit sein letzter klarer Gedanke, denn im nächsten Augenblick stürmten die beiden Berittenen mit gezogenen Schwertern auf Pirvan zu. Der Ritter war zwischen ihnen, und seine Gegner jagten so schnell an ihm vorbei, daß er nur seinen Kopf einziehen mußte, damit ihre Schwerter über seinem Kopf gegeneinander klirrten. Es regnete Funken, aber kein Blut.

Weniger harmlos verlief der Angriff der beiden Reiter auf die Infanterie. Die neuen Rekruten stoben kreischend auseinander. Auch die Veteranen rannten davon, aber leise und in Marschordnung. Sie hatten ihre Speere aufgestellt wie ein Stachelschwein seine Stacheln. Pirvan zog sein Schwert, wendete sein Pferd und ritt zurück, um seinen Männern beizustehen.

Bis er sie erreichte – oder den Ort, wo er sie vermutete –, war das Mondlicht verblaßt und brachte Pirvan in die gefürchtete Situation, daß er nicht wußte, wo Freund und Feind waren. Als daher ein Mann zu Fuß auf ihn zugerannt kam und ihn mit einem Speer bedrohte, schlug er ihm nicht gleich den Kopf ab, sondern zielte nach dem Arm des Mannes und lenkte sein Pferd mit den Knien, während er mit der anderen Hand den Speerschaft ergriff.

Der Mann heulte auf und ließ den Speer los, als Pirvans Schwert in sein Fleisch eindrang. Pirvan hob die fremde Waffe auf, wog sie in der Hand und stellte fest, daß er gerade eine brauchbare Lanze errungen hatte.

Diese Erkenntnis kam keinen Augenblick zu früh. Der Mann rannte wieder auf ihn zu, in der unverletzten Hand ein Kurzschwert. Pirvan umfaßte die Lanze mit der Hand, wendete und stieß mit der spitzen Waffe nach unten.

Der Lanzenkopf riß dem Mann die Kehle auf. Der Sterbende

sank zu Boden. Pirvan wurde fast abgeworfen, als sein Pferd sich bemühte, nicht auf die sich windende Gestalt zu treten.

»Hinter Euch!«

Pirvan duckte sich tief, wendete rasch sein Pferd und legte gleichzeitig die Lanze an. Der feindliche Reiter war so überrascht, eine Lanze auf sich zukommen zu sehen, daß er nichts unternahm, bis die Waffe in seiner Brust steckte. Er flog rückwärts von seinem Pferd. Es gab einen dumpfen Knall, die Rüstung des Mannes klirrte, er schrie erst einmal, dann ein zweites Mal, als der Mann hinter ihm ihn überritt, und schließlich lag er still.

»Wir haben die anderen beiden, Sir Pirvan!« schrie eine Stimme aus der Dunkelheit.

»Welche beiden?«

»Die den Posten getötet haben.«

»Laßt sie am Leben, wenn sie nicht schon tot sind. Sonst ramme ich jemandem diese Lanze in den Hintern!«

Es stellte sich heraus, daß beide Männer am Leben waren, so daß die Angreifer zwei Gefangene und drei Tote zu beklagen hatten, während Pirvans Truppe drei Tote und einen Verwundeten aufwies. Das war kein Kampf gewesen, auf den man stolz sein konnte, selbst wenn Pirvan zugute hielt, daß er zum ersten Mal im Leben in einer echten Schlacht wie ein alter Ritter gekämpft hatte, mit einer Lanze vom Pferderücken aus.

Das Beste, was aus dem Gemetzel dieser Nacht noch hervorgehen konnte, war, daß er erfuhr, wer diese Männer direkt in die Hände seiner Patrouille gesandt hatte. Es mußte jemand sein, der sehr kühn und sehr sorglos mit dem Leben seiner Männer umging oder der allzu versessen darauf war, Waydols Geheimnisse aufzudecken – und beide Varianten boten keine angenehme Vorstellung.

Wieder war es in Pirvans Seele genauso düster wie um ihn herum, als die Patrouille umkehrte und zum Lager zurückmarschierte.

Aurhinius ging den letzten Brief von einem ganzen Stapel Nachrichten durch, die sich größtenteils mit demselben Thema befaßten.

Zahlreiche Städte an der Nordküste schickten eigene Truppen gegen Waydol nach Westen. Insgesamt mußten es an die dreitausend Mann sein. Dazu die zweitausend regulären Soldaten aus Istar, die bereits an Land waren – wenn sie nun ihre Angriffe aufeinander abstimmten, konnten sie Waydol allein durch ihre Anzahl überwältigen.

Das wäre zwar ein blutiger Sieg, aber ein sicherer, und Blut würde den Kommandanten an Land nicht abschrecken. Als ranghöchster Offizier nach Aurhinius war Oberhauptmann Beliosaran der einzig Richtige für diesen Posten gewesen, obwohl er für seine Grausamkeit ebenso berühmt war wie für seinen Mut.

Beliosaran würde jedoch Zeit brauchen, um alle seine Männer zu sammeln, und die Städter noch mehr Zeit, um ihren Marsch zu beginnen. Manche Städte würden vielleicht darauf bestehen, daß Beliosaran ihnen ein paar seiner Männer daließ, die für die abwesenden Kämpfer einspringen konnten.

Das wiederum bedeutete, daß die ganze Kopfgeldjagd noch sinnloser werden würde als bisher. Aurhinius fragte sich unwillkürlich, ob Beliosaran mit der Anzahl Männer, die Hunger, Durchfall, Fieber, nasse Stiefel, Sümpfe, Schlangen, Hinterhalte und den schlichten Verlust ihrer Kriegsbegeisterung überstehen würden, überhaupt einen Angriff wagen würde.

Sein Sekretär trat ein, ohne zu klopfen. Das war sein Vorrecht.

»Signal von der *Stolz der Berge*«, verkündete der Mann.

Er sprach diesen Namen mit mehr als einem Anflug von Verachtung aus, wie sie in der ganzen Flotte gegenüber dem Karthayer Schiff verbreitet war. Es hatte sich herausgestellt, daß es weder gut ausgerüstet noch gut bemannt war. Der einzige Grund, weshalb Aurhinius nicht darum gebetet hatte, daß ein

Sturm ihm den Mast rauben möge, war, daß die *Stolz der Berge* dann eine Eskorte nach Hause brauchen würde, sonst würden die Karthayer, die die Gunst des Königspriesters auf ihrer Seite wähnten, heulen wie hungrige Wölfe – und wahrscheinlich Aurhinius' Kopf fordern.

»Etwas Wichtiges?«

»Möglich. Sie glauben, daß ihr Zauberer, diese Rote Robe Tarothin, über Bord gefallen ist.«

Aurhinius stöhnte nicht und stieß auch keine anderen wenig mannhaften Töne aus. Er wünschte nur kurz, die *Stolz der Berge* würde von Holzwürmern befallen und ihre Mannschaft von blauer Krätze und Würgefieber.

»Tarothin?« fragte Aurhinius. »Ist das nicht der ...?«

»Ja. Derjenige, der mit Sir Pirvan zum Kratergolf gefahren ist, ehe die Ritter Sir Pirvan in ihren Reihen aufnahmen. Angeblich wollte er mit Pirvan zu Waydol, bekam aber Streit wegen einer Frau. Einer Schwarzen Robe, heißt es.«

»Der erste mir bekannte Zauberer mit soviel Saft in den Knochen«, sagte Aurhinius. »Na, dann setzt ein paar Boote aus und laßt ihn suchen. Wir haben praktisch keinen Seegang, also besteht für die Boote keinerlei Gefahr und vielleicht eine gewisse Chance, Tarothin zu finden, falls er nicht bereits ertrunken ist. Es wäre gut, wenn wir Sir Pirvan berichten könnten, daß wir zumindest *versucht* haben, einen seiner alten Freunde zu retten.«

»Aye, aye, Herr.«

Als Aurhinius wieder allein war, sah er weiter die Botschaften durch, dann musterte er die Karte am Schott. Vielleicht konnte er die Dinge an Land doch ein wenig beeinflussen und brauchte sie nicht einfach dem Schicksal, den Stadttruppen und Beliosaran überlassen.

Die Flotte beherbergte annähernd tausend erfahrene Soldaten, obwohl viele davon von Seekrankheit gebeutelt waren. Sie konnten näher bei Waydols Festung landen, als die Istarer oder die Stadtsoldaten derzeit standen. Wenn sie dann ins

Landesinnere marschierten, konnten sie einen Waffenstillstand zwischen Waydol und seinen Feinden erzwingen, bis Jemar der Schöne die Männer des Minotaurus fortgebracht hatte, oder bis offenbar wurde, daß der Minotaurus und der Seebarbar doch Verrat planten.

Dann würde an Land und zu Wasser eine so große Streitmacht stehen, daß sie mit allen offenen Feinden umspringen konnte, wie diese es verdienten.

Seite an Seite liefen Pirvan und Waydol den Weg zur Hütte des Minotaurus hinauf. Er war schmal für zwei Leute, wenn einer von ihnen ein Minotaurus war, aber Pirvan hatte den Pfad in den letzten paar Tagen gut kennengelernt.

Die meiste Zeit des Weges sprachen sie kein Wort. Ja, mitunter kam es Pirvan so vor, als ob er und Waydol gerade dann am meisten sagten, wenn sie schwiegen. Es war, als wären sie seit Jahren schon die besten Freunde – und Pirvan bedrückte es, daß die Zukunft ihnen keine derartige Freundschaft würde bringen können.

Waydol beharrte unerbittlich darauf, in seine Heimat zurückzukehren, gleichgültig, welches Schicksal ihn dort erwartete, solange er seinem Volk nur erst erzählen konnte, was er über die Menschen in Erfahrung gebracht hatte. Ebenso unerschütterlich bestand er darauf, seine Leute und Dahrin in Sicherheit zu wissen, bevor er Segel setzte.

Weit draußen in Dunkelheit und Nebel flackerte ein rötlicher Schein.

»Sie haben die Leuchtfeuer entzündet«, sagte Waydol. »Das dürfte Freunden helfen, die über See zu uns stoßen. Ich bezweifle allerdings, daß es Jemar viel hilft. Jedes Schiff ab einer gewissen Größe, das nahe genug herankommt, um die Leuchtfeuer zu sehen, wäre damit schon zu nahe an den Klippen. Wenn er uns jetzt ansteuert und die Brandung bis zum Morgen höher wird, müssen wir ihn retten, nicht er uns.«

»Jemar ist ein vorsichtiger Mann«, sagte Pirvan und fügte hastig hinzu, als er sah, wie sich Waydol das Lachen verbiß: »Jedenfalls für einen Seebarbaren.«

Nach weiteren zwanzig Schritten kamen sie oben an. Die Hütte war im Nebel nur als schwacher Umriß zu sehen. Über der Tür leuchtete goldenes Laternenlicht. Haimya wollte schon lange das Geheimnis von Waydols Lampenöl erfahren, das neben einer ausgesprochen einladenden Farbe auch noch einen angenehmen Duft verströmte.

»Wir haben die Gefangenen befragt«, sagte Waydol, während er die Tür entriegelte.

Pirvan schwieg. Seine Ehre forderte, daß sie nicht gefoltert wurden. Aber er konnte sich auch nicht allein Waydols ganzer Bande widersetzen, wenn diese das für notwendig hielt.

»Sie haben ganz von selbst geredet«, fügte Waydol hinzu. »Es sind junge Soldaten aus Biyerones, die in ihrer Stadt damit prahlen wollten, als erste einen von uns getötet zu haben. Ich denke, das können sie gern behaupten, aber sie haben auch ihren ersten Toten zu beklagen.«

Und noch lange nicht den letzten. Laut sagte Pirvan: »Gehen alle Städte auf Kopfgeldjagd?«

»Ich bezweifle, daß das Kopfgeld sie ködert«, antwortete Waydol. »Höchstwahrscheinlich sind sie darauf aus, jeden Zweifel an ihrer Loyalität auszuräumen. An Land führt jetzt Oberhauptmann Beliosaran den Befehl, und der ist für seine Härte gegenüber Feinden berüchtigt – und dafür, daß er überall welche sieht.«

Genau der Mann, der einen anständigen Feldzug in ein Schlachtfeld verwandeln kann, wenn man ihm dazu Zeit läßt, dachte Pirvan. »Beten wir, daß der Wind Jemar schneller herbringt als Beliosaran und die Stadtsoldaten.«

»Das werde ich auf meine Weise tun«, sagte Waydol. Er drehte sich um, und jetzt war seine Stimme leiser, so nahe an einem Flüstern, wie die Natur es einem Minotaurus gestattete.

»Es gibt da noch etwas, um das ich bitten möchte. Es bindet Euch kein Eid, mir hierin zu helfen, aber wenn Ihr einen Sohn hättet, der alt genug wäre, nach einer Frau Ausschau zu halten ...«

Pirvan hätte viel darum gegeben, die offensichtliche Sorge des Minotaurus ausräumen zu können. Leider hatte er nicht die leiseste Ahnung, worauf Waydol hinauswollte.

»Dahrin wird zurückbleiben, wenn ich in See steche«, fuhr Waydol fort. »Sein Leben ist nicht ewig an mich gebunden. Aber irgendwann wird auch unsere Bande sich auflösen. Dann wird er einer von vielen sein und muß seinen Weg kraft dessen finden, was in ihm steckt.«

»Ich kann schwören, daß ich ihn beschützen werde, als wäre er mein eigener Sohn«, bot Pirvan an.

»Das würdet Ihr auch ohne Eid tun, soviel weiß ich«, stellte Waydol fest. Eine riesige Hand legte sich auf Pirvans Schulter – ohne Druck, doch nach der schlaflosen Nacht und dem heftigen Kampf wurden dem Ritter darunter die Knie weich. »Worum ich bitte, ist, daß Ihr ... daß Ihr ihn vor Lady Rubina bewahrt. Er ... sie kommt mir nicht wie die Sorte Frau vor, die ein junger Mann als erstes entdecken sollte.«

Das ist, als würde man mich bitten, ein Feuer in einem Heuschober zu entzünden und gleichzeitig den Schober vor dem Abbrennen zu bewahren, dachte Pirvan. Aber Waydol hatte das Recht, ihn um alles zu bitten, selbst um das Unmögliche.

»Lady Rubina hört kaum auf mich, höchstens ein wenig auf Birak Epron«, wandte der Ritter ein.

»Der ist mir nicht durch Eid verpflichtet.«

»Aber mir, und demnach auch Euch. Außerdem ist er ein vernünftiger Mann.« Pirvan grinste. »Und ein tatkräftiger, wie ich mir habe sagen lassen. Er könnte die Dame durchaus so gut unterhalten, daß sie keine Zeit hat, sich anderswo umzusehen.« *Und Gossenzwerge sind eigentlich verkleidete Drachen.*

»Macht mir keine falschen Hoffnungen, Sir Pirvan.«

»Also gut. Dann gebe ich Euch eine echte. Meine liebe Frau hält Euren Erben für einen so hinreißenden jungen Mann, daß es bestimmt nicht lange dauern wird, bis er eine Frau findet, die seiner würdig ist. Was Lady Rubina auch tun mag, es wird ihn weder beeinflussen noch ihm schaden.«

»Ich hoffe, Ihr behaltet recht«, sagte Waydol. »Sir Pirvan, ich muß Euch eine gute Nacht wünschen. Könnt Ihr den Weg nach unten allein finden?«

»Er wird nicht allein sein«, drang Haimyas Stimme aus der Dunkelheit.

»Nein«, sagte Waydol. »Mit Euch, Lady Haimya, kann er nie allein sein. Möge Dahrin auch soviel Glück haben.«

Und so beenden wir dies Nachtwerk mit einem Gebet um ein Wunder …

Die Tür schlug zu, und Haimya legte ihrem Mann einen Arm um die Taille.

Tarothin gelang es zunächst, jeden Gedanken an die unermeßliche Wassertiefe unter ihm und das, was sie enthalten mochte, auszublenden.

Doch kurze Zeit später konnte er den Gedanken nicht mehr verdrängen, daß der Grund so weit unter ihm lag wie der Fuß eines Berges unter der Spitze. Die ganze Entfernung war ausgefüllt mit dunklem Wasser, in dem die-Götter-mögen-wissen-was auf Nahrungssuche herumschwamm.

Selbstverständlich nur natürliche Geschöpfe. Tarothin hätte es gespürt, wenn die Priester der Zeboim etwas anderes zu ihrer Hilfe oder zur Hilfe ihrer Gönner beschworen hätten.

Tarothin verschluckte sich heftig und schlug einen Augenblick verzweifelt um sich. Dann beruhigte er seinen Atem und seine Glieder und begann wieder gleichmäßig zu schwimmen. Es half seinem Körper und seinem Mut, daß das Wasser wärmer war, als er erwartet hatte, und daß er auch sicherer schwamm.

Aber selbst das wärmste Wasser entzieht einem Mann die Kraft, wenn er lange genug darin verweilt. Langsam merkte Tarothin, wie seine Glieder schwerer wurden, sein Atem mühsamer ging und seine Gedanken sich verlangsamten, bis sie fast auf der Stelle verharrten.

Er schwamm fast nur noch instinktiv, als er plötzlich auf etwas Hartes, Schleimiges stieß. Er riß den Kopf hoch. Etwas Rotes funkelte ihn an. *Starrte* ihn an, denn es war ein einzelnes, enormes rotes Auge, und die harte, schleimige Oberfläche, die er berührt hatte, war der Panzer einer riesigen Schildkröte …

Tarothin schrie auf – was das Beste war, was er hätte tun können. Im Nebel wurde der Schrei nicht weit getragen, doch er weckte jeden auf der *Möwenschwinge*.

Der Zauberer hatte gerade noch Zeit zu erkennen, daß er das von Seetang überwachsene Ruder eines Schiffes berührt hatte, und daß das »Auge« die Achterlaterne war, als eine Leine neben ihm ins Wasser klatschte. Er ergriff sie entschlossen, um sich nicht nur mit den Händen, sondern notfalls auch mit Zähnen und Füßen daran festzuklammern.

Er hielt sich beharrlich fest, während die Matrosen ihn über die Reling hievten wie einen toten Fisch, bis er mit einem dumpfen Klatschen auf dem gut gescheuerten Deck landete. Er schaffte es noch, auf die Knie zu kommen, ehe all das Wasser, das er geschluckt hatte, wieder hochkam, und er blieb auf den Knien, bis sein Magen leer war.

Bis dahin hatte sich bereits ein Kreis Matrosen um ihn gebildet. Keiner von ihnen war ein Minotaurus, und keiner war der junge Riese, welcher der Erbe des Minotaurus sein mußte. Auch waren ihre Mienen nicht besonders freundlich.

Ich vermute, ein anständiges Schiff zieht nicht jede Nacht einen halbnackten, halb ertrunkenen Zauberer an Bord, dachte Tarothin. Dieser Gedanke erinnerte ihn an seinen Stab, und bei dem Gedanken, ihn verloren zu haben, packte ihn so blankes Entsetzen, daß er aufsprang. Und bei dieser plötzlichen Bewegung fand er auch seinen Stab, denn der schlug ihm auf einmal von hinten an den Kopf. Tarothin nahm ihn von der Schulter, hielt ihn mit beiden Händen fest, stützte sich darauf ab und hätte ihn am liebsten geküßt, wenn er nicht von diesen starrenden Matrosen umgeben gewesen wäre.

Dann teilte sich die Menschenmenge, und vom Mastkorb her drang eine kräftige Männerstimme zu Tarothin herüber: »Was hat Habbakuk uns denn da beschert?«

Dahrin hatte Habbakuk mehr um seiner Matrosen willen angerufen als aus eigenem Glauben. Doch nachdem er Tarothin angehört und sich davon überzeugt hatte, daß die Rote Robe die Wahrheit sagte, dachte er, daß der Fischergott ihm und all seinen Freunden tatsächlich eine Gunst erwiesen hatte.

»Wir müssen die Flotte verlassen«, erklärte er dem Decksmaat. »Es besteht Gefahr, und wir müssen Waydol und Sir Pirvan warnen.«

»Und was ist mit unseren Eiden?« fragte der Maat.

»Durch die können wir uns jetzt nicht binden lassen«, sagte Dahrin. »Nicht gegenüber Aurhinius. Unsere Eide gegenüber Waydol und Sir Pirvan kommen zuerst, obwohl ich bezweifle, daß Aurhinius selbst überhaupt in diese Sache verwickelt ist.«

Der Maat machte ein befremdetes Gesicht. Dahrin rang um Worte, die wahr klingen würden, ohne eine Wahrheit preiszugeben, die zu entsetzlich war, um sie zu verbreiten. »Die Flotte aus Istar ist in sich gespalten. Eine Partei, die Aurhinius' Gegenspieler ist, plant Meuterei und wird von gewissen Magiern dabei unterstützt. Wenn sie die Oberherrschaft erringt oder auch nur versucht, die Macht zu ergreifen, ist Aurhinius' Zusage, uns zu schützen, wertlos. Wenn sie gewinnt, könnte die Flotte gegen uns und Jemar einen gnadenlosen Krieg eröffnen.«

Der Maat pfiff durch die Zähne. »Na, dann nehmen wir besser gleich Abschied. Ich lasse eines der Boote mit Mast und Segel aussetzen und eine Laterne an den Mastkorb hängen. Das entspricht ungefähr der Höhe unseres eigenen Achterlichts, so daß jeder, der hastig hinsieht, so lange glauben wird, daß wir es sind, bis es zu spät ist.«

Dahrin wünschte, er könnte mehr tun, als dem Maat zu danken, daß er in dieser Krise als Seefahrer einen kühlen Kopf bewahrte. Er wünschte noch mehr, daß er sicher sein könnte, in einigen Tagen noch zu leben, um ihm eine Belohnung zu geben.

»Oh, und wir polstern die Ruder ein wenig und holen die Segel ein, damit wir kleiner wirken«, fuhr der Maat fort. »Und wenn einer von den Jungs Krach macht, nehme ich seine Gedärme als Hutband!«

Keiner machte Krach, die Segel kamen herunter, und die Ruder glitten lautlos durch die Luken hinaus. Das Boot mit der Laterne trieb davon, bis es im Nebel verschwunden war. Dann begannen die Ruderer auf ein Flüstern des Maats hin rückwärts zu schlagen, und die *Möwenschwinge* entschlüpfte der Flotte nach achtern und verschwand in der Nacht.

Kapitel 8

Aurhinius verschlief den morgendlichen Lärm, während dessen die Morgenwache abgelöst, das Deck gesäubert und alles, was während der Nacht in Unordnung geraten war, wieder hergerichtet wurde. Was ihn schließlich weckte, war sein Sekretär, der ihn schüttelte. Er starrte dem jungen Mann ins Gesicht. »Was ist denn?«

»Das Minotaurenschiff – es ist weg.«

»Gesunken?« Aurhinius erlaubte sich einen angenehmen Augenblick lang die Vorstellung, daß die *Stolz der Berge* die *Möwenschwinge* gerammt und auf Grund geschickt hätte. Dann könnte er Waydol die Karthayer als Preis für den Frieden anbieten und …

»Nein. Sie haben sich bei Nacht davongestohlen. Dieser Erbe war doch ein Verräter.«

»Oder ein schlechter Navigator. Ist er vielleicht den Transportschiffen gefolgt, als sie sich verabschiedet haben? Vielleicht hat er sie für die Hauptflotte gehalten.« Die Gruppe, die an Land gehen sollte, war auf dem Weg nach Süden. Aurhinius hatte jeden freien Moment genutzt, um für ihre sichere Ankunft zu beten.

Der Sekretär schüttelte betrübt den Kopf. »Das war kein Pech, Herr. Wir haben ein Boot gefunden, das sie ausgesetzt haben. Sie haben eine Laterne hoch oben festgemacht, um uns zu täuschen.«

Aurhinius schwang die Beine aus dem Bett. Das Deck wirkte kälter als am Vorabend. Genau wie die Luft. In diesen Gewässern bedeutete ein solcher Temperatursturz oft einen nahenden Sturm. Im Augenblick konnte sich Aurhinius einen Haufen anderer, nützlicher Dinge vorstellen.

»Ich nehme an, die Flotte hat die Verfolgung aufgenommen?«

»Ja. Die vordersten Späher berichten, daß sie die *Möwenschwinge* gesichtet haben, aber sie können sie vielleicht nicht mehr vor Anbruch der Nacht einholen, nicht einmal, wenn Wind und Wetter sich halten.«

»Ich bin begeistert«, sagte Aurhinius. Plötzlich fiel ihm noch eine offene Frage ein. »Hat man noch eine Spur von Tarothin gefunden?«

»Nichts, Herr.«

»Wo war die *Stolz der Berge*, als die *Möwenschwinge* verschwand?«

»Äh … in der nächsten Reihe, habe ich mir sagen lassen.«

»Innerhalb von – sagen wir mal – einer Entfernung, die man schwimmend überbrücken kann?«

»Wenn man ein starker, mutiger Schwimmer ist, vielleicht, aber Zauberer sind …«

»Bereitwilliger, ihren Kopf zu benutzen, als jeder andere in dieser Flotte das gegenwärtig zu sein scheint.«

Nach dieser letzten Bemerkung hatte Aurhinius seine Stimme wieder in der Gewalt, wollte sie jedoch nicht für Sätze verschwenden, mit denen er nichts erreichen würde. Er zeigte auf die Tür. Der Sekretär hätte nicht schneller verschwinden und die Diener nicht schneller eintreten können, wenn Aurhinius die Segel von den Masten und die Masten von Deck geflucht hätte.

Dahrin wäre am liebsten selbst in den Mastkorb der *Möwenschwinge* geklettert, um seine Verfolger zu beobachten. Statt dessen behielt er seine Füße auf dem Deck und sein Vertrauen in den Ausguck. Die Matrosen waren wegen ihrer scharfen Augen und ihres kühlen Kopfes ausgewählt worden, und dort oben war noch der Geringste von ihnen gewandter als Dahrin.

Such dir gute Männer, und du brauchst nicht überall gleichzeitig zu sein und alles selbst zu machen. Es war, als ob Waydols Stimme aus dem Seewind zu ihm gesprochen hätte.

»Deck ahoi!« rief der Ausguck. »Ich kann hinter dem ersten noch mehr Schiffe sehen.«

Dahrin brauchte gar nicht erst zu fragen, ob es die Istarer waren. Er blickte nach achtern. Anfangs waren die Verfolger aus Istar nur von oben zu sehen gewesen. Jetzt konnte er ihre Segel von Deck aus erkennen. Die anderen Istarer waren noch zu weit weg und nur vom Mastkorb aus zu sehen.

»Sollten wir das Schiff nicht leichter machen?« schlug der Decksmaat vor.

»Wie denn?« fragte Dahrin. »Ich werfe ungern Ballast ab, wenn es noch zum Kampf kommen könnte. Außerdem würde es sowieso zu lange dauern.«

»Ich dachte an Vorräte und Wasser. Wir sind ohnehin nicht mehr lange hier draußen – außer, wir bleiben für immer hier, und dann brauchen wir das auch nicht mehr.«

»Du bist heute morgen ja wunderbar gelaunt«, sagte Dahrin etwas vorwurfsvoll.

»Ich kann die Finger zählen, die man mir vors Gesicht hält«, gab der Maat zurück. »Jedenfalls bis zum vierten Becher.«

Dahrin überlegte. Die *Möwenschwinge* hatte Vorräte für eine lange, voll bemannte Reise geladen. Sie waren davon ausgegangen, daß das Schiff bei einer frühen Rückkehr Waydols Männer fortbringen müßte, ohne daß sie Zeit hätten, es neu mit Vorräten zu beladen.

Jetzt schien es vor allem darum zu gehen, daß die *Möwenschwinge* überhaupt zurückkehrte.

»Fangt mit den Wasserfässern an«, entschied Dahrin. »Schlagt sie auf und pumpt das Wasser über Bord. Dann legt die Segel aus, um jeden Regen aufzufangen, den der Sturm bringt. Und schickt Tarothin zu mir. Es geht ihm doch wohl gut?«

»Oh, das schon, Erbe. Ob er sich aber schicken läßt, das ist eine andere Frage. Aber er wird es schon einsehen.«

Jemar und Eskaia standen Seite an Seite auf dem mittleren Deckshaus der *Windschwert*. Das war nicht so hoch, wie Jemar gern gestanden hätte, jedoch so hoch, wie er es Eskaia gerade noch erlauben mochte.

Außerdem würden sie Freund oder Feind auch dann nicht schneller sichten, wenn sie nach oben kletterten und die Männer im Ausguck nervös machten.

Was Jemar mehr irritierte, war der plötzliche Temperaturabfall über Nacht und dazu der aufkommende Wind. Der Nebel hatte sich längst aufgelöst, doch Jemar spürte in den Knochen, daß ein Sturm aufzog.

Vorläufig ein natürlicher Sturm. Aber es ist kein Geheimnis, daß Wettermagie leichter fällt, wenn man mit Kräften spielen kann, die ohnehin schon entfesselt sind, als wenn man alles mit eigenen Sprüchen machen muß.

Tarothin beherrschte ein paar Wetterzauber. Jemar hoffte, daß die Rote Robe auf eine Gelegenheit wartete, sie zum Einsatz zu bringen.

»Deck ahoi!« rief der Ausguck. »Signal von der *Donnerlachen*. Sie haben Leuchtfeuer an der Küste gesichtet. Sie sagen, es wäre Euer persönliches Signal.«

Eskaias erleichterter Stoßseufzer entsprach beinahe der Kraft des Windes, und sie griff nach der Hand ihres Mannes. Jemar hätte vor Freude am liebsten getanzt, wenn er nicht an seine Würde hätte denken müssen. »Schön und gut«, sagte Jemar.

Ein Bote rannte zu den Matrosen an den Signalposten. Bald sausten Flaggen an die Rahnocken hoch und ließen strahlende Farben vor dem trüben Himmel aufleuchten.

Die *Donnerlachen* antwortete, gab den Kurs und die Entfernung zu den Leuchtfeuern bekannt. Jemar schickte seinen Dank und versprach Kurulus eine Belohnung. Dem Ausguck rief er dasselbe zu, dann umarmte er glücklich seine Frau.

»Wir haben es wohl fast geschafft?« fragte sie, nachdem sie die Umarmung erwidert hatte.

»Sagen wir, wir haben einen großen Schritt nach vorn gemacht«, sagte Jemar, nachdem er widerstrebend eine Hand von ihr gelöst hatte, um eine Abwehrgeste zu machen. Die See schenkte den Menschen nur ungern einen Sieg, und sie konnte noch auf vielerlei natürliche Weise zurückschlagen, ehe die Männer an der Küste in Sicherheit waren.

Plötzlich drang die Stimme des Ausgucks wieder zu ihnen herunter. Diesmal überschlug sie sich fast vor Aufregung. »Schiff in Sicht! Es ist eine Galeere mit einem Minotaurenkopf auf dem Focksegel. Ganz sicher die *Möwenschwinge*, und sie kommt sehr schnell auf uns zu, ganz als ob sie gejagt würde.«

Jemar runzelte die Stirn. Die Galeere würde noch eine Weile außerhalb der Reichweite von Signalen sein, und selbst dann war ihre Mannschaft vielleicht nicht in der Lage, Seebarensignale zu verstehen. Sollte er seine Schiffe jetzt zum Kampf vorbereiten oder abwarten, bis er Näheres wußte?

Eines wußte er jedenfalls: Seine Schiffe hatten schon jetzt mit dem Wind zu kämpfen. Wenn er sie in Schlachtordnung brachte, würden sie noch langsamer werden. Und er wußte noch etwas: Man mußte Vorkehrungen treffen, solange eine Gefahr nur im Raum stand. Das galt schon an Land, aber zehnmal mehr auf See.

Jemar sah seine Schiffe an, dann begann er, drei Signale auf eine glattgeschmirgelte, hölzerne Nachrichtentafel zu malen.

»Ich verstehe, was die Schiffe machen sollen«, sagte Eskaia, als sie einen Blick auf die Tafel warf. »Aber warum?«

»Auf diese Weise bleiben die schwereren Schiffe im offenen Meer zurück, um die *Möwenschwinge* und ihre Verfolger in

Empfang zu nehmen. Sie schneiden dem Feind, wenn es einen gibt, den Weg ab, und die leichteren Schiffe fahren zu Waydol.«

»Wird es zum Kampf kommen?«

»Du klingst ja, als wärst du ganz begierig darauf.«

Eskaia wurde rot. »Entschuldige bitte. Der Kampf auf der *Goldenen Tasse* hat mir gereicht. Außerdem bin ich im Moment gar nicht in der Lage, mit Minotauren zu ringen.«

Jemar umarmte sie noch einmal. Wenn es die Istarer waren, die die *Möwenschwinge* verfolgten, war er gar nicht so sicher, ob sie mit Minotauren nicht besser dran wären!

Tarothin lag in seiner Koje, aber nicht weil er krank, unwillig oder in Trance gewesen wäre. Er brauchte nur seine ganze Konzentration, um die Nachricht zu verstehen, die er gerade empfing.

Er brauchte auch mehr als Konzentration, um sie überhaupt zu glauben.

Die ersten Vorboten der Nachricht waren nicht in seinem Kopf, sondern in anderen Teilen seines Körpers angekommen. Teilen, die mit gewissen alten Riten in Verbindung standen, welche er mehr als einmal mit Rubina zelebriert hatte – und zwar mit großer Freude. Zumindest auf seiner Seite, und er war anständig genug, zu hoffen, sie habe selbst genau so viel erhalten, wie sie gegeben hatte.

Es war das erste Mal, daß er je auf derartige Weise mit der Magie begonnen hatte, und er war mit den Sprüchen, die normalerweise zu diesem speziellen Ritus gehörten, nicht vertraut. *Obwohl man sich an diese Art Magie durchaus gewöhnen könnte,* überlegte er.

Ungefähr an dieser Stelle der Botschaft begann er, der Person, die sie sandte, einen Namen zuweisen zu können.

»Rubina?«

Die Antwort kam nicht in Worten, sondern als Bild. Es war ein Bild, das Tarothin nicht gerade half, sich zu konzentrieren.

Dann kamen die Worte: *Ich wollte sichergehen, daß du mich erkennst.*

Rubina, ich bin ziemlich sicher, daß es viele andere Männer gibt, die dieses Bild von dir ebenfalls erkennen würden.

Ich prahle nicht mit meinen Eroberungen. Außerdem bist du der einzige Zauberer.

So? Das erklärt aber nicht, weshalb du nach mir suchst. Du scheinst einen mächtigen Spruch auf eitles Geschwätz zu verschwenden.

Rubinas Bild kehrte zurück. Diesmal stampfte sie mit dem Fuß auf, ihre Augen glänzten rot, und ihre Haare wurden zu grünen Schlangen mit tiefroten Augen und Fangzähnen, die Tarothin lieber nicht zu genau betrachtete.

War das Takhisis oder die Wut, meine Liebe?

Ich sollte dich der Königin der Finsternis und den Dienern ihrer Tochter überlassen, wenn du so weitermachst!

Nichts hätte Tarothins Konzentration schneller wiederhergestellt als der Hinweis auf Zeboim.

Rubina nahm Tarothins Überraschung und Schrecken offenbar deutlich wahr, denn sie betrachtete seine Gefühle von allen Seiten und erwiderte dann: *Die Diener der Zeboim sind am Werk. Oder werden es bald sein, denn sie werden diesem Sturm Gestalt geben. Können wir zusammenarbeiten, damit sie nicht ihren Willen bekommen?*

Viele mögliche Antworten gingen Tarothin durch den Kopf, obwohl er wußte, daß Rubina jede davon wahrnehmen konnte. Er beschloß, daß das, was sie wissen mußte, kurz und offen ausgesprochen werden konnte.

Du bist eine Schwarze Robe, Dienerin von Zeboims Mutter, doch du regst an, daß wir die Königin der Meere bekämpfen. Wie kann ich deinem Wort vertrauen?

Das Anfangsbild tanzte am Rand von Tarothins Wahrnehmung entlang. Er erwiderte schroff: *Das reicht nicht aus, damit ich mich dir zum Verrat gegen unsere Freunde anschließe.*

Die Antwort kam mit überraschender Schnelligkeit und Klarheit. *Du sagst die Wahrheit. Sie sind* unsere *Freunde. Und dann ist da noch Karthay, meine Stadt. Und schließlich ist nicht klar, ob unsere Gegner wirklich Zeboim, der wahren Tochter von Takhisis, dienen oder nur den Aspekten von Zeboim, die der Königspriester ihnen zu sehen gestattet.*

Damit betraten sie bereits das Territorium der Schriftgelehrten und schrieben dem Königspriester zudem eine erschreckende Machtfülle zu. Doch der Gedanke an einen magischen Sturm, der Jemars Schiffe auf Grund laufen lassen und Pirvan und Waydols Bande der Gnade der Istarer ausliefern würde, war noch erschreckender.

Was schlägst du vor? sandte Tarothin aus.

Du hast Wettersprüche zur Verfügung, die du auf dem Wasser benutzen kannst. Meine wirken nur an Land, wenn ich sie nicht mit denen eines anderen Zauberers vereine, der sich bereits auf dem Wasser befindet.

Tarothin hegte wieder Zweifel. Man hätte sogar sagen können, daß er entsetzt war. Solche Verbindungen waren weder unmöglich noch unbekannt oder auch nur besonders gefährlich – nur würde die Verbindung, die Rubina vorschlug, eine Schwarze und eine Rote Robe vereinen, die noch nie zuvor zusammengewirkt hatten, jedenfalls nicht magisch, und würde die Benutzung äußerst wirkungsvoller Sprüche gegen ebenso starke, ungebremste Gegner über eine beträchtliche Entfernung hinweg bedeuten.

In diesem Augenblick schien Rubinas Vorschlag nur insofern annehmbar zu sein, als Tarothin in Verbindung mit ihr zumindest jeden Versuch von Verrat neutralisieren konnte, bevor er schlimme Wirkungen zeitigte – jedenfalls für seine Freunde. Sein eigenes Schicksal hingegen …

Willst du unsere Freunde in Gefahr bringen, weil du dich wie ein Kind mit Zahnschmerzen über etwas aufregst, was ich überhaupt nicht beabsichtige?

Ihr Ton erinnerte ihn an ihre vielen nächtlichen Auseinandersetzungen.

Ja, ich bin in genau so einer Stimmung, fügte Rubina hinzu. *Aber ich erinnere mich, wie solche Streitigkeiten oft endeten.*

Tarothin seufzte körperlich wie innerlich. Sehnsüchtig dachte er an zölibatäre Eide. Dann antwortete er Rubina: *Wollen wir gleich beginnen?*

Ja, wenn es nicht bereits zu spät ist.

Dahrin wiederholte mehrmals seine Bitte, Tarothin an Deck zu schicken, und wurde mit jedem Mal weniger höflich in seiner Wortwahl. Schließlich formulierte er die Bitte als Befehl.

Daraufhin entdeckte man, daß die Rote Robe ihre Kabinentür verschlossen hatte. Tarothin war neben Dahrin der einzige an Bord, der eine eigene Kabine hatte.

»Brecht die Tür auf«, sagte Dahrin.

Diejenigen, die den Befehl hörten, nachdem der Decksmaat ihn nach unten weitergeleitet hatte, machten zweifelnde Mienen. Dennoch gehorchten sie – oder versuchten es zumindest.

Minuten später eilten sie zurück an Deck. Sie plapperten und schrien so wild durcheinander, daß Dahrin erst einmal ruhegebietend losbrüllen mußte, ehe er hören konnte, was geschehen war.

Die Kabinentür hatte allen Versuchen, sie zu öffnen, widerstanden. Es war, als wäre sie zu Stein geworden. Als die Männer versucht hatten, sie mit Feuerholz aus der Kombüse einzuschlagen, waren ihnen die Scheite aus den Händen geflogen.

Schließlich hatten sie versucht, das Schloß zu knacken – und es hatte sich in einen Schlangenkopf mit Giftzähnen verwandelt, deren Gift mehrere Männer verätzt hatte, die nicht rechtzeitig zurückgewichen waren.

Dahrin betrachtete die geschwollenen, roten Hautstellen der Matrosen und fand, daß Tarothin diesen Männern einen

Heilspruch und eine Entschuldigung schuldete, sobald er mit anderen, drängenderen Angelegenheiten fertig war. Es kam Dahrin auch in den Sinn, daß vielleicht *er* dem Zauberer eine Entschuldigung schuldig war, weil er nicht daran gedacht hatte, wie dumm es war, einen Magier zu stören, wenn dieser gerade mit mächtigen Sprüchen arbeitete.

Die einzige, noch offene Frage lautete: Wenn Tarothin mächtige Sprüche wirkte, wozu dienten sie? Der nächste ihrer Verfolger war noch ein ganzes Stück entfernt. Wer an Deck gute Augen hatte, konnte im Osten die Marssegel der anderen Istarer erkennen.

Dahrin entschied, eine Weile an den Pumpen mitzuarbeiten, die das Wasser aus den Fässern in den Bilgen leerten. Körperliche Arbeit würde ihn vielleicht beruhigen; zumindest würde er nicht länger herumstehen und sich fragen müssen, was Tarothin wohl im Sinn hatte.

Er hatte gerade einen Fuß auf die Leiter zum Laderaum gesetzt, als der Ausguck aufschrie: »Segel, ahoi, genau vor uns! Ein ganzes Geschwader! Wir sitzen in der Falle!«

Dahrin sah auf den Gesichtern der Männer an Deck Panik aufkommen und brüllte: »Unsinn! Das sind entweder Handelsschiffe, oder es ist Jemars Flotte!«

Das dämpfte die Panik vorläufig, obwohl der Decksmaat Dahrin zuflüsterte: »Und wenn es Minotauren sind, die Waydol zur Hilfe kommen?«

»Dann müssen sie um dieses Vorrecht mit den Istarern kämpfen«, erwiderte Dahrin. »Jedes Schiff und jeder Mann, den die Istarer gegen jemand anderen ausschicken, ist einer weniger gegen uns.«

Der Decksmaat sah aus wie jemand, der höchstens an die Tugend eines einzigen Minotaurus glaubte, aber er nickte.

Dann schrie der Ausguck wieder auf, diesmal ohne Worte. Er brauchte keine Worte, ja er hätte überhaupt nichts sagen müssen. Niemand an Bord der *Möwenschwinge* oder der anderen Schiffe im Umkreis brauchte einen Ausguck, um zu sehen, wie die Stürme losbrachen.

Niemand sah die Stürme genauso wie sein Nebenmann. Es waren sich auch keine zwei Leute darüber einig, wie viele Stürme es eigentlich waren. Die niedrigste Schätzung belief sich auf zwei, die höchste auf mehrere Dutzend.

Im großen und ganzen sahen die Männer eine graugrüne Mauer, die sich aus der See erhob, so kantig wie aus Stein gehauen, so durchscheinend wie aus Glas, und innerhalb dieser harten Wand schienen Nebelschwaden herumzuwirbeln. Sie stieg kurz vor dem vordersten Verfolger aus Istar empor, und das Wasser am Ansatz der Mauer verwandelte sich in Schaum, als ein heftiger Wind aus dieser Richtung aufkam.

Dann erhob sich gegenüber der Wand eine Welle, so hoch wie der Mast eines Schiffes. Unglaublicherweise verharrte sie in dieser Höhe länger als jede natürliche Welle – bis der Wind und die Wand sie zerschellen ließen. Wo vorher Schaum gewesen war, war jetzt ein brodelnder Kessel, der so hoch wogte, daß die Mauer zeitweise verschwand.

Wind und Wellen kämpften miteinander. Böen und Wogen breiteten sich vom Schlachtfeld in alle Richtungen aus wie die konzentrischen Kreise auf einem Teich, in den man einen Stein geworfen hat.

Nur daß diese Wolken hier viel höher waren. Die *Möwenschwinge* neigte sich unter der vereinten Macht von Wind und Wellen, bis das Wasser an ihre Leereling klatschte. Das Achtersegel flatterte an seiner Rahe wie ein Tuch an einem Kinderkopf. Der größte Teil des Segels flog plötzlich knatternd wie Drachenflügel mit dem Wind davon; ein paar verlorene Fetzen blieben noch an der Rahe hängen.

Dahrin brauchte nicht erst den Befehl zu geben, die Fockrah herunterzuholen; die Männer waren schon dabei, ihre Leinen mit Äxten und Messern zu zerschneiden. Die zerfetzten Seilenden peitschten umher, warfen ein paar Männer auf die Speigatts, und die Rah selbst kam auf einmal mit einem Krachen herunter, das selbst den Sturm übertönte.

Aber nun fuhr die *Möwenschwinge* mit blanken Masten, und die Männer hetzten bereits nach unten, um die Ruderpforten zu schließen. Nachdem das Schiff nun im Rumpf und an den Masten so leicht wie nur möglich war, standen seine Chancen immerhin einigermaßen gut, daß es nicht kentern würde. Wenn der Wellensturm und der Windwandsturm einander lange genug in Schach hielten, hatten Dahrin und seine Begleiter vielleicht sogar noch soviel Vorsprung, daß sie erfahren konnten, ob die neuen Schiffe Jemar gehörten oder jemand anderem – Freund oder Feind.

Pirvan und Haimya waren früh aufgestanden und mit einer kleinen Eskorte ausgeritten, um mögliche Landeplätze für Freund oder Feind außerhalb der Bucht zu erkunden. Der Zugang zur Bucht war schmal, auch wenn sie dann einen geschützten, tiefen Ankerplatz bot, der leicht zu verteidigen war. Feinde würden anderswo landen müssen; Freunde würden dies vielleicht freiwillig tun. Deshalb das Kundschaften.

Pirvan übernahm einen Großteil der Kletterei, obwohl Haimya sogar viele der steileren Hänge mit ihm zusammen hinauf- und hinunterstieg. Sie war weniger geübt und heftete ihre Augen natürlich fest an den Himmel, aber noch ein paar Jahre, und sie würde überall hinklettern können, wo sie nur wollte.

Sirbones hatte ihr angeboten, ihr durch einen Spruch die Höhenangst zu nehmen. Aber Haimya hatte sich ihm so heftig widersetzt, daß es eine Weile dauerte, bis der Priester der Mishakal seinen Gleichmut wiederfand.

Da ihre Augen am Himmel hingen, war es Haimya, die die Wolkenbewegungen als erste entdeckte. »Pirvan!« rief sie. »Wir reiten lieber zurück. Der Sturm bricht los!«

Pirvan blickte nach oben. Es sah so aus, als hätte sich ein gigantischer Wirbel im Himmel aufgetan, dessen Wolken ihn in konzentrischen Kreisen umtanzten. Falls sie sich im Ganzen vorwärtsbewegten, war die Bewegung zu langsam, um sie mit bloßem Auge wahrzunehmen.

Und dann brach wirklich ein Sturm los, aber Pirvans Instinkt sagte ihm, daß dies kein natürlicher Sturm war.

»Hallooo!« rief einer der Burschen, die oben am Hang die Pferde am Zügel hielten. »Jemand meint, da draußen auf See wäre eine Wasserhose, die größte, die er je gesehen hätte! Von da unten könnt ihr sie nicht erkennen, aber oben auf den Klippen sieht man alles. Angeblich sind Schiffe draußen auf See, zwei oder drei Geschwader, und zwar auf beiden Seiten der Wasserhose.«

Für Pirvan war damit die Frage nach der Ursache des Sturms geklärt. Was die Folgen anging, so konnte er nur abwarten und beten.

Eine ungewöhnlich hohe Welle brach sich nur eine Manneslänge unter Pirvan an den Klippen. Eine zweite Welle folgte aus tiefgrünem Wasser ihr auf dem Fuße.

Das Wasser stieg wie seinerzeit bei der Springflut im Fluß, und wenn Pirvan nicht auf den nächsthöheren Felsen gesprungen wäre, hätte er knietief im Wasser gestanden, und es hätte ihn beim Ablaufen womöglich mitgezogen. Aber Pirvan sprang, und dann noch einmal, dann zog ihn Haimya über das letzte gefährliche Stück, drückte seine Hand und küßte ihn auf die Wange, die er sich beim ersten Satz blutig aufgeschürft hatte.

»Schickt Boten los!« schrie er den Burschen zu. »Alle sollen ein gutes Stück über dem Wasser bleiben.«

»Wie gut?«

»Wenn ihr weggespült werdet, wißt ihr, daß es nicht gut genug war.«

Die Burschen lachten, als hätte Pirvan einen Witz gemacht.

Ihm selbst war kein bißchen zum Lachen zumute; entfesselte Magie machte nicht immer dort Halt, wo die Zauberer es wünschten – und in diesem Kampf hatte eine Seite womöglich gar nicht die Absicht, die Zauberkraft im Zaum zu halten.

Die *Windschwert* nahm eine Reihe hoher Wogen so gelassen hin wie gewöhnlich. Jemars Stolz auf sein Lieblingsschiff fing gerade an, seine Zweifel über die entfesselte Magie zu überwinden, als plötzlich zwei Wellen zusammenschlugen.

Sie waren die Vorhut von zwei Wellenketten, die ausgerechnet über die *Windschwert* gegeneinander krachten. Jemar hatte von solchen Wellenketten gehört, und daß sie beim Aufeinanderprallen gewaltige Wogen erzeugen konnten. Aber gesehen hatte er so etwas noch nie. Noch weniger hatte er erwartet, sich jemals im Zentrum einer solchen Kollision zu befinden.

Die *Windschwert* neigte sich nicht zur Seite, dafür ergoß sich zuviel Wasser von beiden Seiten auf das Deck des Schiffes. Sie sank einfach tiefer, dann noch tiefer, bis das gesamte Hauptdeck unter Wasser stand. Die Reling tauchte ab, Boote und Decksausrüstung begannen sich loszureißen, Stage trieben im Wasser, und der Fockmast schwankte und brach krachend zur Seite weg.

Jemar war eine Weile zu sehr damit beschäftigt, sich an allem festzuhalten, was noch festen Halt bot, und den Göttern zu danken, daß Eskaia unten war, um über sein Schiff nachdenken zu können. Dann fiel ihm ein, daß er die Männer vorschicken mußte, um den Fockmast abzuhacken, die Segel an den anderen Masten einzuholen, die Verletzten zu versorgen …

Die Wellen rollten zum Horizont hin weiter, das Wasser auf der *Windschwert* lief ab, und dann erhob sie sich wie ein Schwein aus seiner Suhle.

Als sie das tat, rissen die letzten Taue, die den gebrochenen

Fockmast noch gehalten hatten. Anstatt auf den Bug der *Windschwert* niederzudonnern, segelte der Fockmast zu einer eigenen Reise davon.

Jemar bekämpfte den peinlichen Drang, ihm nachzuwinken.

Statt dessen blickte er nach unten. Die Decks sahen aus, als hätten dort betrunkene Minotauren mit Äxten gewütet. Überall lagen Trümmer herum und dazwischen einige seiner Männer. Aber die Mehrzahl davon rührte sich, wenn auch manche unter deftigen Flüchen. Die beiden, die sich nicht mehr bewegten, wurden von ihren Kameraden aufgehoben.

Jemars eigenes Schiff war vorläufig außer Gefahr, und seine Mannschaft brauchte keine Hilfe von ihm, um es für widriges Wetter – ob durch Magie bedingt oder nicht – zu takeln. Jemar wandte den Blick hinaus auf See, um erst nach der *Möwenschwinge*, dann nach dem Rest seiner Schiffe Ausschau zu halten.

Er mußte zweimal zählen, bevor er glauben konnte, daß jedes einzelne Schiff – seine zehn und die *Möwenschwinge* – noch schwamm. Manche sahen aus, als wären auch über sie Orkanböen oder gewaltige Wellen hinweggefegt, aber bisher hatte er kein verlorenes Schiff zu beklagen.

Demnach war er auch noch in der Lage, Waydol und seine Bande aus ihrer Festung hinter den Leuchtfeuern abzuholen.

Nur um sicher zu sein, daß seine Augen nicht von Wunschdenken getäuscht wurden, begann er mit einer dritten Zählung. Nach der Hälfte tauchte ein Seemann auf der Leiter auf.

»Kapitän! Ihr werdet unten gebraucht! Eure Gemahlin ist verletzt!«

Waydol versuchte gerade zu meditieren, als Birak Epron so plötzlich hereinrannte, daß der Minotaurus sich schon einen Katar von einem Tischchen geschnappt hatte, ehe er seinen Besucher erkannte.

»Wenn Ihr mir von dem magischen Sturm auf See erzählen wollt – diese Nachricht ist alt«, sagte Waydol mit soviel Geduld, wie er aufbringen konnte.

»Meine ist neu. Wir haben die Hauptarmee der Stadttruppen gesichtet. Mindestens zweitausend Mann und noch einmal halb so viele Soldaten aus Istar dazu.«

»Wie nah?«

»Ihre Vorhut hat bereits den Ort Eures Gottesurteils hinter sich gelassen.«

»Ein Ort voller Ehre. Mögen sie seine Stimme vernehmen«, sagte Waydol so düster, daß Epron zusammenzuckte. »Gibt es etwas Neues von der See?«

»Zwei Geschwader Schiffe aus Istar. Eines in Küstennähe, das wahrscheinlich eine Truppe landen lassen wird, sobald die See sich beruhigt. Das andere befindet sich auf der anderen Seite des Sturms, jenseits von Jemars Flotte.«

»Ist das sicher? Jemar ist da?«

»Er ist so nah, wie es möglich ist, solange die Zauberer die See derart zum Kochen bringen!« fluchte Epron.

Zu diesem Zeitpunkt zu meditieren, wäre nicht nur unehrenhaft gewesen; es wurde langsam unmöglich. Waydol erhob sich und öffnete seine Waffentruhen.

Er zumindest mußte nicht warten, bis die Zauberer ihre Spielchen beendet hatten, ehe er Feinde fand, auf die er einschlagen konnte.

Das Land, in dem Sir Niebar und seine sechs Begleiter zügig auf das Wirtshaus »Zum Oger in Ketten« zuritten, wurde von keinem Sturm in Mitleidenschaft gezogen. Dennoch blieben sie in Deckung, nahmen Nebenstraßen und Waldpfade, wo immer der Wald dicht genug war, sie vor unfreundlichen Augen zu verbergen.

Vorläufig hielt Sir Niebar alle Augen für unfreundlich, auch wenn ihr Mangel an Freundschaft vielleicht nicht ausreichen würde, ihnen zu schaden, denn die sieben Reiter waren nicht als Ritter von Solamnia oder Krieger im Dienst eines angesehenen Hauses zu erkennen. Sie sahen eher wie Raufbolde aus, die auf der Suche nach einer Taverne waren, welche sie mit ihren Fäusten ausräumen konnten. Den Rest ihrer Waffen hatten sie sorgsam in ihren Tunikas, unter den Mänteln und in den Satteltaschen versteckt.

Die einzigen Augen, die nicht unfreundlich sein mochten, waren die der Nichtmenschen, die diese Wälder bewohnten. Kender hatte Sir Niebar bemerkt, Gnomen vermutete er; Gossenzwerge gab es überall, doch die gaben schlechte Spione ab, wenn man schnell genaue Berichte wollte. Auch Zentauren lebten in dieser Gegend, zumindest eine kleine Herde, aber die kümmerten sich so selten darum, was Menschen taten (solange sie die Zentauren nicht aufspürten, erschossen oder vergifteten), daß sie keine größere Bedrohung darstellten als die Gossenzwerge.

Die Kender hatten offene Augen, kluge Köpfe und lose Zungen. Jede Warnung an die Kender dieser Gegend konnte auch den Wirt und seine Freunde warnen. Deshalb konnte Sir Niebar nur zu Paladin, Kiri-Jolit und Majere beten, daß die Kender erkennen würden, daß er und seine Männer kamen, um die Qualen ihres Verwandten zu beenden, nicht um sie zu vermehren.

Jemar versuchte, ein gefaßtes Gesicht aufzusetzen, ehe er seine Kabine betrat. Wenn er mit einem Ausdruck des Entsetzens zu Eskaia kam, würde das wenig helfen.

Der Blick, mit dem Delia ihn beim Eintreten bedachte, verriet Jemar, daß sein Ablenkungsmanöver nicht sehr erfolgreich gewesen war. Er gab alle Zurückhaltung auf, lief zum Bett und kniete sich daneben.

Eskaia lächelte. Das Lächeln erinnerte Jemar an das verzerrte Grinsen, das er einst auf dem Gesicht eines Verbrechers gesehen hatte, der gerade aufgespießt wurde, aber es ließ Eskaia lebendiger wirken.

Wie lange noch?

»Was ist passiert?« fragte er und hoffte, zumindest seine Stimme unter Kontrolle zu haben, wenn schon nicht sein Gesicht. Eskaia hob tatsächlich beide Hände zum Gruß – doch dann ließ sie sie mit schmerzverzerrtem Gesicht wieder sinken.

Delia bedachte den Kapitän mit einem ernsten Lächeln. »Sie ist gestürzt. Schwer. Auf den Bauch.«

»Natürlich auf den Bauch«, murmelte Eskaia. »Du hast immer gesagt, ich wäre gut gepolstert … ähm … achtern …« Sie biß sich auf die Lippe, und Jemar bemerkte das getrocknete Blut auf ihrer Lippe und ihrem Kinn.

»Könnt Ihr ihr nicht wenigstens die Schmerzen nehmen?« fragte Jemar. Er wollte am liebsten schimpfen, schreien, brüllen oder sich wie ein Thanoibulle in der Brunftzeit aufführen. Doch um Eskaias willen hielt er sein Temperament im Zaum.

»Nicht ohne die Sache zu verschlimmern«, sagte Delia. »Ich weiß nicht, ob ich Euch das sagen darf …«

»Jemar weiß, daß ich ein gewisses Potential zur Klerikerin hatte«, sagte Eskaia müde. »Delia, erzähl schnell oder laß mich selbst meinem Gatten alles berichten.«

Delia schluckte, und Jemar mußte ihr zugute halten, daß sie die Geschichte anschließend schnell und sogar gut erzählte.

Eskaia war bei dem Zusammenprall der großen Wellen gestürzt. Ihr Bauch war so erschüttert worden, daß sie in großer Gefahr war, eine Fehlgeburt zu erleiden. Außerdem war es möglich, daß sie innere Blutungen davongetragen hatte.

Delia kannte getrennte Sprüche gegen beides, aber beides mußte gleichzeitig geheilt werden, wenn sie nicht Mutter oder Kind verlieren wollten. Der einzige Spruch, der das vermochte, mußte auf festem Boden durchgeführt werden. Wenn man ihn auf See versuchte und in Gegenwart so starker Magie, würde der Spruch sicher fehlschlagen und wahrscheinlich Mutter und Kind umbringen.

»Wir müssen sofort an Land«, schloß Delia. »In ein paar Stunden wird es zu spät sein. Ich habe gehört, es gibt einen sicheren Hafen, den wir rechtzeitig erreichen können. Lauft ihn an, Kapitän, im Namen aller guten Götter!«

»Delia, Jemar kann nicht sein Flaggschiff nehmen und den Rest der Flotte dem ... Feind überlassen«, stieß Eskaia mühsam hervor.

»Er kann, wenn er will, daß du den nächsten Sonnenaufgang erlebst«, schimpfte Delia.

»Ich könnte doch auch in einem Boot ...«, setzte Eskaia an.

Delia kniff die Augen zusammen und ballte ihre Hände zu Fäusten. Jemar hätte sie am liebsten geschüttelt, doch dann sah er, daß sie weinte. In so einem Fall konnte man mit niemandem streiten.

»Wenn sie an Bord der *Windschwert* bleibt«, sagte Delia heiser, »wird das, was ich tun kann, und ihre eigene Kraft sie vielleicht lange genug am Leben erhalten. Wenn Ihr sie in ein Boot setzen wollt – dann könnt Ihr sie auch gleich über Bord werfen!« Sie funkelte Jemar an, als wollte sie ihn herausfordern, die Hand oder seine Stimme gegen sie zu erheben.

»Es hilft mir nichts, wenn ihr streitet«, sagte Eskaia mit einem Anflug ihrer alten Heftigkeit. »Jemar, triff die richtige Entscheidung. Ich werde mich gegen nichts auflehnen, was du beschließt.«

»Nun, ich kann mich nicht in einen Drachen verwandeln und dich an Land fliegen«, sagte Jemar. Er senkte kurz den Kopf im Gedenken an einen Bronzedrachen, der am Kratergolf den Heldentod gestorben war, nachdem man ihn nur deshalb aus dem Drachenschlaf geweckt hatte, damit er sich einem schwarzen Drachen entgegenstellte, den ein abtrünniger Zauberer geweckt hatte. »Aber wir können bestimmt Waydols Bucht ansteuern. Delia, geht es nur um Schnelligkeit, oder würde es auch etwas helfen, wenn das Schiff weniger schwankt?«

»Es würde durchaus helfen, wenn Euch das gelingt«, sagte Delia. »Ich bin kein Seefahrer, aber ich glaube, die Zauberer da draußen, die diesen Wind beschwören, werden uns die Sache nicht gerade leichter machen.«

Diesmal war Jemar mit der Hebamme ausnahmsweise einer Meinung.

Kapitel 9

Dahrin mußte nicht mehr gegen den Drang ankämpfen, auf den Mast der *Möwenschwinge* zu klettern. Sein Schiff besaß keine Masten mehr.

Und von Deck aus konnte man weniger sehen als je zuvor. Die magischen Stürme erfüllten die Luft mit Wolken, Regen, Nebel, Gischt und allem Möglichen anderen, was die Sicht versperrte. Außerdem lag das Schiff nun ein Stückchen tiefer im Wasser.

Der Erbe des Minotaurus fragte sich, ob Tarothins Kabine noch wasserdicht war. Wenn die *Möwenschwinge* noch tiefer sank, mußte die Mannschaft den Zauberer retten, ob er dies wünschte oder nicht, sofern er sich keine Fischkiemen herbeizaubern und unter Wasser weiter Magie wirken konnte.

Die magischen Stürme waren immer noch zu sehen. Jetzt ragten sie wie Berge über Nebel und Gischt empor. Die grüne Nebelwand wehrte sich mit Blitzschlägen; große Dampfwolken stiegen auf, wenn die heranbrausenden Wellen sie erstickten.

Immerhin schien von dem Gebiet, in dem der Sturm tobte, keine direkte Magie auszugehen, die die Schiffe in Gefahr bringen konnte, weder Jemars noch Istars. Selbst Wind und Wellen schienen jetzt weniger bedrohlich. Dahrin hatte auf jeder Seite sechs Ruder ausgebracht, und die *Möwenschwinge* entfernte sich langsam aus dem gefährlichen Gebiet.

Nun aber erklärte ein Seemann mit guten Augen, daß er Schiffe aus Istar in Küstennähe gesichtet hätte. Dahrin selbst hatte Jemars Schiffe direkt auf den Eingang der Bucht zufahren sehen.

Er hoffte, daß sie das taten, um ihre Aufgabe zu erfüllen, nicht aus Not. Mannschaften, die an Land wollten, um nicht zu sinken, oder auf die Felsen aufliefen, war kaum ein langes Leben beschieden.

Wenigstens gab es außer Dahrin noch andere Seefahrer, die Jemars Schiffe durch die Passage lotsen konnten. Dahrin konnte seine ganze Aufmerksamkeit darauf verwenden, sein Schiff auf See zu halten – und damit den Zauberer, von dessen Anstrengungen immer noch alles abhing.

Waydols Rüstung bestand aus einem altmodischen Lederhemd, das mit Eisenringen besetzt war, einem Helm, der groß genug war, darin ein Essen für ein Dutzend Männer zu kochen, und bronzenen Beinschienen. Seine Waffen umfaßten eine Clabbarde, das mit Sägezähnen bewehrte Breitschwert der Minotauren, zwei am Gürtel hängende Katare, dazu einen dritten an seinem linken Handgelenk und einen Arenarucksack mit vier Shatangen auf dem Rücken.

Pirvan vermutete, daß noch vor Ende des Tages Männer tot umfallen würden, wenn sie den zum Krieg gerüsteten Waydol nur erblickten. Er würde sie mit seinem Stahl kaum berühren müssen. Pirvan selbst war zutiefst dankbar, daß er dieses Mal auf Waydols Seite und nicht auf Seiten seiner Gegner kämpfte.

»Irgendwelche Neuigkeiten von Dahrin?« fragte er.

Waydol schüttelte den Kopf. Pirvan bemerkte, daß er geschärfte Stahlspitzen auf seine Hörner gesetzt hatte, damit sie nicht splitterten, wenn sie gegen eine Rüstung prallten. Das erinnerte ihn an die Anstrengungen mancher Ritter von Solamnia, ihren Schnurrbart zu schützen – ein Problem, das Pirvan nie gehabt hatte. Am Kinn konnte er sich einen schönen Bart stehen lassen, wenn er wollte, doch seine Oberlippe brachte nichts hervor, was über die Größe einer unterernährten Raupe hinausging.

Birak Epron tauchte auf und begrüßte Pirvan und Waydol. Hinter ihm waren seine Männer aufgereiht, durch Männer von Waydol und Deserteure der Stadttruppen auf über dreihundert verstärkt. Es gab sogar Gerüchte, daß ein Leutnant der Istarer Kavallerie darunter sei.

Der leichte Seewind hatte aufgefrischt, und das Banner der Kompanie knatterte laut. Der Wind blies auch eine Menge Nebel vom Meer heran, ließ aber immerhin nicht zu, daß sich undurchdringliche, breite Nebelbänke bildeten. Jemars Schiffe müßten dadurch in der Lage sein, sicher in die Bucht zu gelangen, und die Krieger an Land würden nicht halbblind kämpfen müssen.

»Ich habe unsere Boote hinausgeschickt, um Jemars Schiffe in die Bucht zu lotsen«, sagte Waydol. »Die müßten auch Nachrichten von Dahrin bringen, wenn Jemar ihn gesichtet hat.«

Keiner wollte ein Wort darüber verlieren, was es für weniger angenehme Möglichkeiten gab. Pirvan hatte sich gefragt, ob im Maßstab etwas stand, das es verbot, für das Überleben von Gesetzlosen zu beten. Dann hatte er beschlossen, daß es für ihn ohnehin keine Rolle spielte. Er würde alles tun, was in seiner Macht stand, um von seinem Freund und Kameraden Waydol das Schicksal abzuwenden, Erben, Bande und Festung an einem Tag zu verlieren.

Ein berittener Bote tauchte auf, im Trab, wie man ihn geheißen hatte. Den ersten im Galopp hatte Pirvan mit eigenen Händen aus dem Sattel gestoßen, und seither wurden die Befehle, die Pferde zu schonen, ernster genommen. Wahrscheinlich fürchtete jeder, daß Waydol auf den nächsten Galoppierer losgehen würde.

»Lord Waydol! Eine Marschstunde weiter im Osten gehen die Istarer an Land. Die, die sie gesichtet haben, schätzen sie auf mindestens tausend Mann.«

Der Minotaurus nickte. »Dann werden wir zu zwei Dritteln Stadtwachen vor uns haben, wenn der Kampf jetzt losgeht.«

»Möglich. Beliosaran genießt einen Ruf über Istar hinaus. Er ist durchaus in der Lage, uns die Stadtwachen vorzuwerfen, um uns aufzureiben, und seine eigenen Istarer aufzusparen, bis die Verstärkung eintrifft«, sagte Pirvan.

»Das ist die Taktik eines Schlächters, nicht eines Kriegsherren.«

»Sehe ich aus, als wollte ich darüber streiten?«

Waydol grunzte freundlich. »Nein. Aber seid trotzdem bereit zum Kampf. Ihr kämpft vielleicht ungern gegen Unschuldige, aber die Hälfte der Männer wird den Mut verlieren, wenn sie Euch und Eure Gemahlin nicht an der Spitze sehen.«

Als ob Waydols Worte sie herbeigerufen hätten, ritt Haimya mit Pirvans Pferd am Zügel auf die beiden zu. Da sie weitere Gefangene gemacht hatten, stand dem Ritter jetzt ein richtiges Streitroß zur Verfügung, wie es einem Hauptmann der Kavallerie zukam. Es war zwar nicht für den Kampf nach Art der Ritter ausgebildet, taugte jedoch zu allem anderen.

»Haben wir das Außenlager nach Frauen und Kindern durchsucht?« fragte Pirvan. »Deserteure können sich um sich selber kümmern, aber Flüchtlinge will ich nicht zurücklassen.«

»Ich hätte das Außenlager lieber mit einer Nachhut gehalten«, sagte Waydol.

Pirvan sah Birak an. Sie hatten diese Frage bereits besprochen, und beide wußten, daß hier das Gefühl wichtiger war als kluges Kalkül. Der Minotaurus konnte es schwer ertragen, kampflos etwas aufzugeben, was so lange ihm gehört hatte.

»Sie wurden es einfach mit einer Handvoll Männer umstellen und dann zur Festung weiterziehen«, sagte Pirvan. »Dann wären die Männer im Außenlager abgeschnitten. Wir haben uns doch schon längst geeinigt, daß jeder, der Euch die Treue geschworen hat, die Möglichkeit haben sollte, sich durch das Schlupfloch und auf die Schiffe zu retten.«

Waydol nickte. Er schien zu niedergeschlagen zu sein, um zu sprechen. Dann hörten sie alle die Trompeten – manche so mißtönend wie die von Waydols Musikanten, andere mit den silberhellen Tönen der Istarer Schlachtsignale.

Es folgten die Trommeln.

Und Waydol warf den Kopf zurück und stieß herausfordernd und trotzig ein Gebrüll aus, das all die kriegerische Musik der Angreifer wie Kinderspielzeug klingen ließ.

Jemar zwang sich, dem Lotsen nicht über die Schulter zu sehen, während die *Windschwert* sich durch die Lücke zwischen den Klippen in Waydols Bucht tastete. Der Lotse hatte genug zu tun, und von seiner Arbeit hing Leben und Tod von allen an Bord des Schiffes ab, da konnte er es nicht auch noch brauchen, daß der Schweiß seines Kapitäns auf ihn tropfte.

Und es ging nicht nur um das Leben der Leute auf der *Windschwert*. Wenn sie die Fahrrinne verließ und auflief, würde sie sehr wahrscheinlich den Schiffen hinter ihr den Weg versperren. Einige würden womöglich sogar mit ihr auflaufen. Alle folgten dem Lotsenboot, das Waydol ausgeschickt hatte, so dichtauf wie Schafe, die nacheinander durch ein Loch im Zaun schlüpften.

Wenigstens war die Rinne so breit, daß alle Schiffe ihre Ruder benutzen konnten. Manche kamen ohne Wind kaum vom Fleck, aber alle konnten hineinsteuern – und mit Habbakuks Gnade auf der anderen Seite auch wieder hinaus.

Die letzten Felsen glitten vorbei, die Rinne begann sich in die Bucht zu öffnen, und Jemar sah an den Klippen empor. Sie umgaben die Bucht von drei Seiten; die vierte war ein sanft ansteigender Hang, der wie ein kleines Dorf mit Hütten, Vorratshäusern und allem anderen bebaut war, was eine Bande Gesetzloser brauchte. Am oberen Rand des Hanges standen Ställe, Schmieden und ein paar Steinhütten, die älter aussahen als alles übrige hier. Oder vielleicht waren sie einfach nach Minotaurenart gebaut, welche sich nicht viel verändert hatte, seit die Elfen Ansalon beherrscht hatten.

Jemar maß die Bucht mit dem Auge eines Seemanns. Wenn das Wasser tief genug und guter Ankergrund vorhanden war, konnte sie doppelt so viele Schiffe beherbergen, wie er mitgebracht hatte. Es schien auch eine ganze Reihe Boote zu geben, die ans Ufer gezogen worden waren, und die Schiffe würden ihre eigenen ausbringen, noch bevor sie Anker warfen.

Noch ein Schritt, den sie hinter sich hatten. Doch sie konnten immer noch scheitern, und zwar auf sehr schmerzhafte Weise.

Die Ankerrolle brauchte bei ihrer Arbeit noch weniger Überwachung als der Lotse. Als Kapitän konnte Jemar jetzt nichts anderes mehr tun als an Deck zu bleiben, bis das letzte seiner Schiffe sicher aus der Fahrrinne kam. Am liebsten hätte er aufgeheult wie ein verkrüppelter Wolf. Statt dessen rief er einen Laufburschen zu sich. »Geh nach unten und frag nach, wie es Lady Eskaia geht.«

»Aye, Kapitän. Wir ... wir beten alle für sie.«

»Frisch gewagt ist halb gewonnen, Junge. Los, geh jetzt!«

Die Stadttruppen kamen direkt aus dem Nebel, und Pirvan und Waydol standen ihnen frontal gegenüber.

Jedenfalls fünf Minuten lang, bis die Stadttruppen gezwungen waren, sich aus einer Art Marschkolonne zu einer Formation aufzustellen, die zweifellos als Schlachtlinie gemeint war. Sie brauchten fast eine halbe Stunde und viele Ausdrücke, die selbst Haimya erröten ließen, bis ihre Reihe zum Vorrücken bereit war.

Bis dahin hatten Pirvan und Waydol ihre dreihundert Mann gut in der Hand und waren gerüstet, in jedem Tempo zurückzuweichen, das notwendig werden sollte.

Die meisten ihrer Gegner trugen Piken, Speere oder Schwerter. Nur wenige hatten eine Rüstung, und ihre Handvoll Bogenschützen war weit verstreut.

»Wahrscheinlich haben sie mehrere Befehlshaber«, sagte Birak Epron. »Und jedenfalls keinen aus Istar, sonst wären sie besser aufgestellt.«

»Und wo sind dann die Istarer?« fragte Waydol.

»Wahrscheinlich auf der Seeseite«, erwiderte Epron. »Um sich mit ihren Kameraden zu vereinen, uns dann seitlich zu umfahren und uns direkt in den Hintern zu treten, während ihre Fußtruppen uns vorne noch festhalten.«

Plötzlich hörten sie schnelle Pferde über feuchten Boden herandonnern – von rechts, von der Landflanke her.

Epron spuckte aus. »Laßt mich bloß nie Prophet werden, wenn ich zum Soldaten zu alt bin.«

Pirvan nickte, und Epron brüllte: »Quadrat bilden, um die Kavallerie in Empfang zu nehmen!«

Die Männer brachten das Kunststück fertig, nicht nur das Quadrat zu bilden, sondern sich dabei auch noch so zurückzuziehen, daß zwischen ihnen und den Stadttruppen eine größere Entfernung lag. Sie waren gerade damit fertig, als die Flankenpatrouillen in Sicht kamen, dicht gefolgt von einigen Dutzend Reitern. Keiner davon sah aus wie ein Mitglied der gefürchteten Istarer Kavallerie.

Diesmal gab Pirvan selbst den Befehl. »Quadrat – knien, Schützen – schießen!«

Im Gegensatz zu ihren Gegnern war Waydols handverlesene Nachhut mit Bogenschützen gut bestückt. Die Anführer hatten seinerzeit sogar gezielt Männer angeheuert, die sich mit mehr als einer Waffe auskannten, so daß nun eine ganze Reihe der Speerträger zusätzlich einen Bogen auf dem Rücken hängen hatten.

Die Speere sanken zu Boden, das Quadrat wand sich und wogte, während man den Schützen den Blick auf den Gegner freigab. Dann sauste plötzlich ein Pfeilhagel über ihre Köpfe hinweg. Es war nur ein kurzes Flirren vor dem Hintergrund der Wolken, und der Wind trieb einige Pfeile weit vom Kurs ab.

Angesichts der Größe des Ziels trafen jedoch immer noch genug. Die gegnerischen Reiter sahen alle aus wie reiche Kaufleute, die nur zum Zeitvertreib den Ritter spielten. Wie ihren Kameraden zu Fuß fehlte auch ihnen die Disziplin, rasch Schlachtformation einzunehmen.

So ritten sie als hundert Schritt breite und fast ebenso tiefe Zielscheibe heran, als die Pfeile auf sie herabprasselten.

Pferde und Menschen schrien gleichermaßen auf. Einige Männer fielen auf den Boden und wanden sich, bis sie von Pferden zertrampelt wurden. Ein paar Tiere stürzten; andere wurden wild vor Schmerzen und warfen ihre unverletzten Reiter ab.

Die Kavallerieattacke löste sich auf, noch ehe die Schützen ein drittes Mal schießen konnten.

Aber der Anblick der unter dem Pfeilhagel sterbenden Städter weckte den Mut der Infanterie. Einige ihrer Mitglieder schossen schreiend und brüllend vorwärts. Dann löste sich ein ganzer Haufen von mehreren hundert Mann aus der Linie und stürmte ungeordnet auf Pirvans Quadrat zu.

Zur selben Zeit ritt eine weitere Schar heran, um sich zu den Überlebenden des ersten Angriffs zu gesellen. Die Gefallenen erschwerten ihr Voranschreiten, doch kamen sie Waydols Quadrat stetig näher.

Waydol trat neben sein Quadrat, um sich den Reitern zu stellen, und zog dabei zwei Shatange aus seinem Rucksack. Die Männer vor ihm kauerten sich hin. Er hob den rechten Arm, holte aus, dann schwang er einen der beiden Shatange blitzschnell nach vorn.

Die Waffe sauste durch die Luft. Im einen Augenblick war er noch in Waydols Hand, im nächsten steckte er schon tief in der Brust eines Pferdes. Das Tier, das mitten im Lauf tot umfiel, zerquetschte im Fallen seinen Reiter.

Bevor die Reiter den Sturz ihres Kameraden überhaupt bemerken konnten, war der zweite Shatang in der Luft. Diesmal streckte Waydol damit einen Mann nieder. Er traf ihn in der Brust, und der Mann flog rückwärts von seinem Pferd. Er war lang genug in der Luft, daß Pirvan sehen konnte, daß der Shatang Brustpanzer und Körper so tief durchbohrt hatte, daß er noch gut zwei Ellen hinten aus dem Rücken des Mannes herausragte.

Der zweite Angriff der Kavallerie verlief vorsichtiger als der erste. Die meisten Gegner flohen, so daß nicht viele umkamen. Ein paar Bogenschützen schickten ihnen noch Pfeile zum Abschied hinterher, ehe sie ihre Aufmerksamkeit der anstürmenden Infanterie zuwandten.

Pirvan wußte, daß dieser Augenblick für Waydols Männer entscheidend war. Wenn eine Stadttruppe sie ernsthaft verletzen konnte, würde dies auch andere ermutigen, herbeizuschwärmen. Wenn sie dagegen den ersten Ansturm gut überstanden, würde dies den Rest vielleicht abschrecken.

Dann würde Pirvan das Quadrat zur Festung und zum Meer zurückführen können und hätte nur noch die Istarer, Magie, Stürme, Verrat und einen Sturz von seinem Pferd zu fürchten. Gegen letztere Gefahr konnte er etwas tun, indem er zu Fuß ging, aber was den Rest anging …

Dann erreichte die Infanterie seine Männer.

Waydol schien seine Clabbarde benutzen zu wollen, merkte aber dann, daß er sie nicht schwingen konnte, ohne Gefahr zu laufen, seinen Freunden Köpfe und Glieder abzuschlagen. Also zog er statt dessen den dritten Shatang zum Stoßen, während in seiner anderen Hand ein Katar auftauchte.

Trotz all seiner Vorbereitungen und seiner Kraft war Waydol nicht an der Stelle, wo das Quadrat nachgab. Diese Ehre fiel Pirvan und Haimya zu.

Es ging damit los, daß ein geschickter Kämpfer aus der Stadt sich unter einem Speerstoß wegduckte und seinen Angreifer erstach. Damit tat sich eine Lücke auf, und der Schwertkämpfer hatte Kameraden, die ähnlich verwegen, erfahren oder vom Glück begünstigt waren. Plötzlich waren drei Speerkämpfer gefallen, vier Stadtsoldaten drängten die zweite Reihe zurück, und ein Schütze von der anderen Seite des Quadrats zielte schlecht und traf einen Freund in der zweiten Reihe.

Pirvan schwor sich, den schlechten Schützen im ersten freien Moment an einer empfindlichen Stelle zu treten, doch das würde wohl noch eine Weile warten müssen. Vorerst drängte sich eine gegnerische Meute, zahlreich wie die halbe Einwohnerschaft eines Dorfes, in das Quadrat hinein.

Sie traf auf Pirvan und Haimya. Pirvan war mit Schwert und Dolch bewaffnet, Haimya mit Breitschwert und Schild. Ein Angreifer versuchte, ihren Schild mit einer Hippe zur Seite zu ziehen; Pirvan erstach ihn. Sein Kamerad schlug mit einer Axt auf Pirvans ungeschützten Kopf ein, doch Haimya trat zur Seite und fing die Axt mit ihrem Schild ab. Dann schlug sie dem Gegner die Beine unter dem Leib weg.

Inzwischen hatte sich Pirvan auf Haimyas kurzfristig ungedeckte Seite geschoben. Er schwang Schwert und Dolch mit schwindelerregender Schnelligkeit, wollte damit aber weniger töten als einschüchtern. Er hatte Erfolg. Eine ganze Reihe Angreifer zog sich zurück, jedoch bei weitem nicht alle.

Ein Mann rannte mit einem Speer auf Pirvan zu, wurde aber von der Spitze von Waydols Shatang in die Luft gehoben. Der Mann schrie, bis Waydol den schweren Speer schüttelte und den Mann mitten zwischen seine Kameraden schleuderte.

In dem Versuch, der fliegenden Gestalt auszuweichen, bewegten sich einige dieser Kameraden in die falsche Richtung. Manche kamen bis auf Reichweite von Waydol heran. Einer von ihnen schrie auf, als ein Huf seinen Fuß zertrat, ein zweiter lag im Handumdrehen gurgelnd im Sterben, denn der Katar des Minotaurus hatte ihm die Kehle aufgeschlitzt.

Auf der anderen Seite standen Pirvan und Haimya nun vier Männern gegenüber, die mit Schwertern bewaffnet und entweder tapfer oder hirnlos genug waren, nicht zu fliehen, sondern weiterzukämpfen. Was ihnen nicht gut bekam.

Haimya stieß ein Schwert mit ihrem Schild beiseite und traf den ersten Gegner zu ihrer Rechten mit ihrem Schwert. Pirvan duckte sich unter Haimyas Schild weg und stieß nach dem Mann, dessen Schwert durch Haimya außer Gefecht gesetzt war. Damit gelangte er hinter die beiden anderen Männer, vor denen Haimya stand. Die Männer zwischen ihnen holten noch ungefähr dreimal Luft, bis sie beide tot am Boden lagen.

Pirvan fuhr herum, um seinen Rücken zu schützen, stellte aber fest, daß er in Sicherheit war. Der Rest des Angriffstrupps zog sich zurück, als die Männer sahen, wie ihre Spitze abgeschlachtet wurde. Genaugenommen rannten sie davon, als ob sie erwarteten, daß Pirvan, Haimya und Waydol gleich Flügel wachsen würden, mit denen sie ihnen nacheilen könnten.

Pirvan wünschte wirklich, er könnte die Gegner verfolgen. Es würde keinem schaden, jedenfalls keinem von den Stadtsoldaten, wenn er weiterrannte, bis er zu Hause in der Taverne saß und dort beim Wein Lügenmärchen über seine Kühnheit erzählte.

Vorläufig zog sich die ganze Linie der Stadtsoldaten nur außer Reichweite der Bogenschützen zurück. Da die Schlachtordnung der Gegner völlig durcheinandergeraten war, nahm Pirvan an, daß die Städter nicht so bald wieder angreifen würden.

»Ich glaube, wir haben sie gebührend in Empfang genommen«, sagte er. »Befehlt den Boten, die berittenen Patrouillen herzuschicken, und dann laßt uns verschwinden.«

Waydol nickte. »Ich habe nicht halb soviel gekämpft, wie ich erwartet hatte, das wißt Ihr. Aber ich wurde dafür belohnt. Ich habe Euch und Eure Gattin zusammen kämpfen sehen, und diesmal wußte ich das zu schätzen.«

Das Lachen, das er daraufhin ertönen ließ, war genauso ohrenbetäubend wie zuvor sein Kriegsgeheul. Die Stadttruppen allerdings hörten keinen Unterschied heraus. Einige brachen aus und rannten in den Wald, noch ehe das Echo des Minotaurenlachens verklungen war.

Jemars Boot knirschte auf dem Kies am Strand der Bucht. Der Kapitän sprang heraus und rannte den Hang zu der Hütte hinauf, die das Banner mit dem blauen Stab der Mishakal gehißt hatte.

Dort befand sich Eskaia seit einer knappen Stunde, nämlich seit das Lotsenboot, das angeboten hatte, sie und Delia an Land zu fahren, sie dort abgesetzt hatte. Wie der Lotse von Eskaias Zustand erfahren hatte, wußte Jemar nicht. Waydol hatte einen Priester der Mishakal mit Namen Sirbones. Vielleicht hatte der etwas damit zu tun. Höchstwahrscheinlich aber war er jetzt weiter vorn, näher am Kampfgeschehen, das sich an der Landseite der Bucht ausbreitete und langsam auf den Eingang der Festung zukroch. Rubina schien verschwunden zu sein – jedenfalls wußte niemand, wo sie steckte, obwohl Jemar annahm, daß alle nur Angst hatten, danach zu fragen.

Der einzige Trost für Jemar war, daß die Schwarze Robe ihre Magie wohl nicht ganz auf der Seite der Istarer verwendet hatte, sonst hätten sie die See längst gemeinsam von allen Gegnern gesäubert und ihr tödliches Werk an Land fortgesetzt.

Doch jetzt mußte er das alles beiseite schieben und zu Eskaia eilen. Der Lotse hatte die Bootsbesitzer bereits angewiesen, die Frauen und Kinder einzuladen. Einige von Jemars Schiffen hatten bereits dicht bevölkerte Decks.

Der Hang wurde immer steiler, so daß aus dem Laufen Gehen, und aus dem Gehen auf einem Pfad das Hochsteigen auf einer Steintreppe wurde. Jemar wäre am liebsten geflogen, durch die Tür in die Hütte gestürmt und Eskaia in die Arme gefallen.

Doch die blaubemalte Tür bestand aus hartem Eichenholz und war verschlossen. Jemar klopfte, dann stand er da und versuchte zu erschnuppern, ob hinter dem Türblatt der Tod oder die Gesundheit auf ihn wartete. Das Dorf war nicht besonders sauber, so daß seine Nase unter der Vielzahl an Gerüchen noch nicht den gesuchten gefunden hatte, als plötzlich die Tür aufging.

Es war nicht Delia, die da auf der Türschwelle stand, sondern eine der Gesetzlosen, ein Mädchen. Sie konnte kaum mehr als vierzehn Jahre zählen.

Jemar wollte eine Hand heben, um sie für die Unverschämtheit, überhaupt hier zu sein, aus dem Weg zu stoßen, dann hielt er inne. Das Mädchen lächelte.

»Ist sie …?«

Das Mädchen nickte und wäre dann fast rückwärts hingefallen, als Jemar in die Hütte stürmte, über einen Hocker stolperte und sich durch seinen Sturz beinahe selbst außer Gefecht gesetzt hätte.

»Jemar«, erklang eine bekannte Stimme aus dem Schatten auf der anderen Seite der Hütte. »Betritt man so ein Krankenzimmer und ein Haus der Mishakal?«

Eskaias Stimme war schwach, aber unter dieser Schwäche lauerte wieder der alte Biß. Der Schmerz, das mühsame Atmen, das verzweifelte Ringen um die Kraft, überhaupt sprechen zu können – alles weg.

»Es geht ihr gut«, sagte eine Stimme, die kaum als Delias zu erkennen war. »Und dem Baby auch. Sie wird es austragen können, obwohl die Hebamme auf seine Atmung achten muß, wenn es geboren ist. Auch könnte es anfangs kränklich sein. Und ich verbiete Eurer Frau weitere Seereisen, bis das Baby auf der Welt ist.«

»Delia, ich kann wohl kaum nach Hause laufen oder den ganzen Weg in einer Sänfte reisen«, entgegnete Eskaia kühl. »Wollen wir uns darauf einigen, daß ich an Land bleibe, sobald wir wieder zu Hause sind?«

»Oh … natürlich.«

So bereitwillig nachzugeben sah Delia gar nicht ähnlich. Jemar drehte sich erstaunt nach ihr um. Dann trat er vor und fing sie gerade noch auf, bevor sie vom Stuhl fiel.

Delia schien innerhalb von Stunden abgemagert zu sein, dabei war sie vorher eher füllig gewesen. Ihr Gesicht war so bleich, daß es bis auf die dunklen Ringe unter den Augen fast durchsichtig wirkte. Jemar konnte fühlen, wie sie zitterte und heftig schwitzte.

»Eine Matratze!« wies er das Mädchen barsch an.

»Ja, Herr.«

Er hielt Delia fest. »Ihr habt Euch nicht geschont, und ... die Götter mögen mir sagen, wie ich Euch danken soll. Ich weiß es nicht. Aber – was ich tun kann – was wir tun können, damit es Euch wieder besser geht –«

»Eine Matratze wird vorläufig ausreichen«, sagte Delia.

»Aber Sirbones ...«

»Er hat Wichtigeres zu tun, denn es kommen Verwundete herein. Und Rubina – sie tut im Augenblick nur Gutes, nichts Böses. Aber wenn sie mich jetzt berührt – das wäre nicht gut.«

»Das glaube ich aber doch!« riefen Jemar und Eskaia gleichzeitig aus.

»Nein, wirklich. Rubina hat die falsche Farbe gewählt. Ihr Herz ist bestenfalls neutral. Jetzt – jetzt verrät sie Takhisis. Die Königin der Finsternis wird sie dafür bezahlen lassen. Oh, sie wird bezahlen müssen.«

In diesem Augenblick tauchte das Mädchen mit der Matratze auf, und Delia ließ sich mit einem dankbaren Seufzer darauf sinken. Wenige Augenblicke später schien sie bereits eingeschlafen zu sein.

Jemar bückte sich und gab ihr einen Kuß, dann drehte er sich zu seiner Frau um. »Ich möchte dir mitteilen, liebe Frau, daß ich seit unserer Hochzeit keine andere Frau geküßt habe als dich. Meinen Eid darauf.«

»Nun, ich hoffe, daß du auch nicht so bald wieder eine Gelegenheit zum Küssen bekommst«, sagte Eskaia und lachte.

Die Nachmittagsschatten hatten sich fast über die gesamte Lichtung ausgebreitet, als Niebar deren Rand erreichte. Auf der anderen Seite ging ein Weg ab, der zur Rückseite des »Oger in Ketten« führte. Er verlief zwar an einigen Höfen vorbei, die sicher Wachhunde und dergleichen haben würden, aber nicht an Dörfern oder gar Städten, wo sieben bewaffnete Fremde auffallen würden wie ein Minotaurus in einem Kenderdorf.

Niebar schaute sich um, um sich zu vergewissern, daß die Pferde von der Lichtung aus nicht zu sehen waren. Er sah aber keine Pferde, sondern einen Kender, der von einem Sonnenstrahl erleuchtet wurde.

Sein erster Gedanke war: *Verrat.*

Sein zweiter Gedanke galt den Pferden. Wenn die Männer, mit oder ohne Gesussum Fallenspringer, von ihrem Überfall zurückkamen und feststellten, daß man ihre Pferde »begutachtet« hatte, bis sie davongelaufen waren …

»Oh, keine Sorge wegen Eurer Pferde«, sagte der Kender, was nicht gerade eine beruhigende Wirkung auf Niebar hatte.

»Bist du ein Zauberer?«

»Nein, und wir stehen zu nahe an der Lichtung, um zu plaudern – außer, Ihr wollt unbedingt, daß man uns belauscht.«

Niebar lief rot an. Daß ein Kender ihn an die Tugend des Stillschweigens erinnern mußte! Er ließ sich von seinem neuen Begleiter zu einer Gruppe Pinienschößlinge führen, wo noch vor wenigen Jahren auch eine Lichtung gewesen sein mußte.

»Ihr seid wegen Gesussum hier, oder?« fragte der Kender. »Denn wenn Ihr das nicht seid, hätten wir gern eine Erklärung …«

Dem nun folgenden Monolog konnte Niebar entnehmen,

daß sein Gesprächspartner ein Lautschwätzer war, daß es den Kendern ziemlich leid tat, Gesussum im Stich gelassen zu haben, und daß sie jedem beistehen wollten, der versuchte, ihn zu retten.

»Wir können eure Pferde hüten«, endete der Kender. »Wir können …« Er spulte eine lange Reihe möglicher Dienste herunter, von denen die Hälfte mehr Gefahr als Hilfe bedeutet hätte. »Wir können euch vor den Tätowierten warnen«, sagte der Kender schließlich. »Wir können nicht gegen sie kämpfen – sie gehören zu den Tempeln, und dann müßten wir fliehen, aber …«

»Die Tätowierten?« fragte Niebar. Unwillkürlich ließ er seine rechte Hand nach oben gleiten und kratzte sich in der linken Achselhöhle.

»Ja, ja. Das ist die Stelle, wo sie tätowiert sind. Komischer Brauch, aber ich nehme an, der Königspriester verlangt es so. Jedenfalls scheinen sie für ihn zu arbeiten, und ich vermute, daß er Hilfe braucht. Sonst würde er nicht den ganzen Tag Vorbereitungen treffen oder was er sonst so macht. Er …«

Der Ritter hörte schon nicht mehr zu. Ihm pochte das Blut in den Ohren, und sein ganzer Körper schien aufzuleben. Heute nacht würden er und seine Leute am Ende noch mehr tun, als den Kender zu retten und zu erfahren, was dieser während seiner Gefangenschaft erlebt hatte. Sie würden womöglich auf die Schweigenden Diener treffen – und Niebar schwor sich, daß einer von ihnen das Gasthaus als Gefangener verlassen würde, und wenn es ihn selbst das Leben kostete.

Es wurde Zeit, daß die ehrlichen Menschen erfuhren, weshalb der Königspriester im Namen der Tugend Verbrecher auf Istar losließ.

Es wurde auch Zeit, dem Kender vor ihm wieder zuzuhören. Kender konnten einen mit ihrem Geschwätz um den Verstand bringen und dann auch noch beleidigt sein, wenn sie herausfanden, daß man ihnen gar nicht zuhörte!

Aurhinius stampfte mit den Stiefeln auf, bis sie richtig saßen, und sah sich nach seinem Sekretär um.

Der junge Mann war damit beschäftigt, sich den Helm festzuschnallen. Man sah deutlich, daß er selten einen trug. Neben ihm lehnte ein Brustpanzer an einem Stuhl.

»Willst du eine Rüstung anlegen?«

»Ich habe wohl kaum eine Wahl, Herr.«

»Erwartest du denn morgen allgemeinen Frieden oder meinen Tod?«

Der Sekretär wurde rot. »Nun, keins von beidem. Aber … also, es ist der größte Kampf, in dessen Nähe ich je gekommen bin.«

»Und der erste, zu dem du im Boot hinfahren mußtest«, sagte Aurhinius. »Hast du schon einmal probiert, mit einer Rüstung zu schwimmen?«

»Nein.«

»Ich schon. Und ich kann es nicht weiterempfehlen. Neun von zehn Männern, die es versuchen, enden als Fischfutter. Wir nehmen ein kleines Boot zur Küste. Unsere Magie und die unserer Gegner scheinen sich zwar die Waage zu halten, aber das könnte sich ändern. Außerdem könnte es hin und wieder eine Welle geben, die das Gleichgewicht stärkt. Nimm die Rüstung also ruhig mit, aber leg sie erst an, wenn wir an Land sind.«

»Ja, Herr.«

Die Mannschaft der *Fliegenden Jungfer* jubelte Aurhinius zu, als er an Deck erschien. Er wünschte, er hätte ihnen einen echten Grund zum Jubeln geben können. Er fühlte sich mehr wie eine Ratte, die das sinkende Schiff verläßt, denn wie ein General, der sich an die Spitze seiner Männer stellt.

Daß er an Land außer Reichweite dieses Duells der Sturmmagie sein würde, machte ihm die Sache nicht leichter. Die Flotte konnte mit allen Männern untergehen, doch er würde seine Männer sicher in Waydols Festung führen können.

Oder es würde Waydol sein, der mit seiner ganzen Bande

unterging. Aurhinius hatte jeden Gott gefragt, der eine Antwort haben mochte, aber keiner von ihnen hatte ihm verraten, ob er Zeboims Anhängern Erfolg wünschen sollte oder nicht!

Tarothin?

Die Konzentration der Roten Robe auf seine Sprüche ließ dem Zauberer genug Bewußtsein, um zu wissen, daß Wasser in seine Kabine sickerte. Immerhin schien es von unten einzudringen, so daß die *Möwenschwinge* zweifellos noch nicht sank.

Idiot!

Der Tonfall war unverwechselbar und beinahe liebevoll.

Rubina. Was willst du?

Daß du die gesamte Last des Kampfes auf dich nimmst.

Du machst Witze.

Kaum. Was ich in die Sturmmagie eingebracht habe, wird erhalten bleiben. Die Priester der Zeboim haben nicht genug Kraft, um es zu vertreiben. Denk daran, ich bin eine Schwarze Robe und kenne ihre Geheimnisse besser als du.

Aber warum …?

Arbeit an Land. Die Istarer wollen vorrücken und unseren Leuten den Weg abschneiden. Sie haben keinen Zauberer dabei, und die Anhänger der Zeboim können an Land nichts tun. Außerdem kommst du auf See jetzt besser ohne mich zurecht als mit mir.

Aber Rubina … Tarothin, ich werde nicht lange wegbleiben.

Aber ich werde dir eine Erinnerung schenken, die du jederzeit aufrufen kannst.

Wenn es das ist, was ich vermute, dann warte damit, bis wir den Sieg errungen haben.

Typisch Mann. Mit den Gedanken immer bei der Arbeit und nie Zeit für das Vergnügen.

Dann kam ein sanftes Lachen ohne jede Spur von Spott, und Rubina war aus seinen Gedanken verschwunden.

Aber ihre Kraft war nicht aus den magischen Barrieren gewichen, die er gegen die Priester der Zeboim errichtet hatte. Ja, allmählich sah er die Schwachstellen der Zauber der Gegner, und wenn er sich beeilte, konnte er sie vielleicht ausnutzen …

Kapitel 10

Bis Waydols Truppe sich im Kampf von den Stadtsoldaten befreit hatte, hatte sich der Seewind gelegt. Nebel und Sprühregen trieben zwar noch immer heran, jedoch nicht immer weiter ins Landesinnere. Nur langsam verschluckten die Nebelbänke die Landschaft, bis Pirvan sich vorkam, als ob er in einer Welt jenseits von Zeit und Raum kämpfte.

Die Erinnerung daran, daß die Zauberer Freund und Feind gleichermaßen an ebensolche Orte außerhalb von Raum und Zeit getrieben hatten, von denen sie nicht unbedingt den Weg zurück fanden, war kein beglückender Gedanke.

»Immerhin wird die Gegenseite uns nur langsam folgen«, erklärte Epron, an alle gewandt. »Schlechte Soldaten, die sich gerade eine blutige Nase geholt haben, werden gute Soldaten nur vorsichtig verfolgen. Nur Mut, Jungs. Das ist die letzte Wegbiegung.«

Die Klippe, die den Zugang zur Festung verbarg, war schon durch die Bäume zu sehen, als ein Bote der berittenen Späher im Norden angestürmt kam.

»Die Istarer!« war alles, was er sagte. Doch mehr brauchte er auch nicht zu sagen.

Noch bevor jemand Befehle erteilen konnte, brachen aus der Lücke in den Felsen Bewaffnete hervor. Pirvan zählte zwanzig vollbewaffnete Krieger, angeführt von dem Seebarbaren mit Namen Schleicher und dem Kender … Imsaffor Sauseschritt?

»Wir dachten, ihr könnt vielleicht Hilfe gebrauchen«, erklärte Schleicher.

Waydol sah nach Norden. »Wir brauchen womöglich mehr Hilfe, als ihr uns leisten könnt. Wer ist noch drin?«

Der Kender begann, eine Liste herzubeten. Waydol schnitt ihm das Wort ab. »Die Zeit drängt, mein Freund. Wir brauchen keine langen Reden.«

Schleicher erklärte, daß jeder bei ihm war, der nicht gebraucht wurde, um die Bucht zu halten, falls der Feind durchbrechen sollte. Die Schiffe wurden rasch geladen, der Eingang zur Bucht war noch frei von Nebel und Feinden, Lady Eskaia war geheilt ...

»Ich wußte gar nicht, daß sie verletzt war!« rief Haimya aus.

Waydol gab nur ein tiefes Grollen von sich, anstatt seine Bemerkung über Zeitverschwendung zu wiederholen. Schleicher fuhr mit seinem Bericht fort. Eskaias Hebamme, Delia, half Sirbones beim Heilen. Rubina war verschwunden, hatte ihre Verbündeten jedoch nicht verraten, soweit man das beurteilen konnte.

»Wie steht's auf See?« fragte Waydol.

Schleicher zuckte mit den Schultern. »Es ist noch niemand untergegangen. Ich finde, damit sind wir Sieger.«

Wenn es dabei bleibt, dachte Pirvan.

Dann hatte er eine Weile wieder keine Zeit mehr zum Nachdenken. Die Istarer traten aus dem Nebel, die Infanterie bereits in Schlachtordnung in der Mitte, die Kavallerie auf beide Flanken verteilt. Hinter der Infanterie ritt eine Gestalt in silberner Rüstung unter der Fahne eines Oberhauptmanns.

»Aurhinius?« fragte Schleicher.

Pirvan schüttelte den Kopf. »Beliosaran. Will den Ruhm des Sieges wohl für sich allein haben.«

»Ich finde, wir sollten ihn lehren, wie dumm das ist«, sagte Waydol mit so gedämpfter Stimme, daß nur diejenigen in seiner unmittelbaren Umgebung ihn hören konnten.

Dann rief er den Istarern seine Herausforderung entgegen. Einen Augenblick wagten sie nicht einmal zu antworten.

Schließlich rückte an beiden Flanken die Kavallerie weiter ab, eine Trommel hinter der Infanterie begann zu schlagen, und die Soldaten stürmten vorwärts.

Es waren fünfmal soviele wie Waydols Nachhut, und alle Berufssoldaten aus Istar. Selbst wenn sie für jeden Erschlagenen aus Waydols Bande einen eigenen Mann verlieren sollten, wären immer noch genug übrig, um in die Festung durchzubrechen und jeden abzuschlachten, der noch nicht an Bord der Schiffe war.

Das einzige, wofür Pirvan im Moment den Göttern dankte, war die Tatsache, daß die Istarer das Bogenschießen in letzter Zeit den Waldläufern und Stadttruppen überlassen hatten. Es hieß, diese Kunst wäre zu elfisch für die treuen Soldaten der Stadt der Tugend. Sie sollten sich damit nicht die Hände beschmutzen.

Nein, es gab doch noch etwas anderes, wofür jeder in Pirvans Heer den Göttern danken konnte.

Wenn dies ihr aller Todestag werden sollte, würden sie in guter Gesellschaft sterben.

Das Quadrat war jetzt gebildet, und ein paar der erfahreneren Bogenschützen schossen bereits. Sie mußten entweder sehr flach oder sehr hoch schießen, um die Feinde in die Beine zu treffen oder die Pfeile in die hinteren Reihen zu senden, denn die Istarer hatten ihre rechteckigen Schilde zum Vorrücken zu einer festen, pfeildichten Mauer verkeilt. Die Kavallerie hielt sich weit draußen an den Flanken außer Reichweite der Bögen.

Die Istarer stimmten ihren Schlachtruf an: »Uur-ha! Uur-ha! Uur-ha!«

Es klang wie ein Chor von Bären, die auf alles schlecht zu sprechen waren, selbst aufeinander.

Jetzt zeigten sich Lücken in den eigenen Reihen, und einen Augenblick sah Pirvan das Banner des Oberhauptmanns wanken. Aber der Bannerträger, dessen Pferd getroffen worden war, gab die Fahne an einen anderen weiter, und sie rückten weiter vor, ohne aus dem Rhythmus zu kommen.

Da bahnte sich Waydol einen Weg durch das Quadrat. Pirvan streckte die Hand aus, um ihn aufzuhalten, doch der Minotaurus stapfte vorbei, als wäre Pirvans sehniger Arm nur ein Grasbüschel. Andere Männer warfen nur einen Blick auf ihn und machten die größte Lücke breiter.

Bewaffnet, aber mit bloßen Händen, stand Waydol auf dem Gelände zwischen seinen Männern und den anrückenden Istarern. Pirvan stieg auf, wendete sein Pferd und wünschte, er könnte Haimya befehlen, ihm nicht zu folgen. Dann warf er Birak Epron einen finsteren Blick zu und hielt auf die Lücke zu.

Epron blieb innerhalb des Quadrats, aber sowohl Schleicher als auch Sauseschritt folgten Pirvan auf den Fersen. Jeder andere, der vielleicht den Drang verspürte, mit dem Minotaurus zu sterben, hatte glücklicherweise keine Zeit mehr, seinem Wunsch gemäß zu handeln.

Die Trompeten und Trommeln innerhalb des Istarer Heers verkündeten Signale. Die Infanterie kam zum Stehen. Zur Linken setzten die Kavalleristen die Sporen ein, senkten den Kopf und ritten auf die Klippe zu, so schnell die Bäume und das unebene Gelände dies erlaubten.

Die Kavallerie zur Rechten tat dasselbe – aber ihr Ziel waren eindeutig Waydol und dessen Gefährten.

»Haltet den Zugang zur Festung!« donnerte Waydol.

Birak Epron brauchte keine weiteren Befehle oder Erklärungen. Die Männer, die das Quadrat bildeten, fielen in einen Laufschritt, so schnell es eben ging, ohne ihre Ordnung aufzugeben. Pirvan sah auch, wie mehrere Bogenschützen innerhalb der Formation die Stellung wechselten.

Die Festung würde sich vielleicht so lange halten, daß alle, die darin waren, aufs Meer gelangten. Sogar einige der Männer im Quadrat würden vielleicht irgendwann wieder kämpfen können.

Diejenigen dagegen, die Waydol gefolgt waren, um die Istarer herauszufordern, kämpften ihre letzte Schlacht.

Damit erübrigt sich wenigstens jedes Ehrengericht über einen Kampf gegen Istar, dachte Pirvan.

Die Istarer Kavallerie von rechts war kaum zwanzig Mann stark, aber alle Männer saßen auf guten Rössern und waren mit Lanze oder Schwert bewaffnet. Pirvan zügelte sein Pferd, legte seine improvisierte Lanze an – und sah, wie Waydol den Heranstürmenden in den Weg trat.

Der dritte Shatang lag in seiner Hand.

Der Reiter an der Spitze der gegnerischen Truppe sah darin nur den dummen Trotz eines leichten Ziels, legte die Lanze an und griff an.

Pirvan unterdrückte einen Aufschrei, als Waydol den Mann unbewegt auf sich zukommen ließ. Dann sah er, wie die anderen Gegner aus der Formation ausbrachen, um ihrem Hauptmann die ganze Ehre zukommen zu lassen.

»Vorwärts!« schrie Pirvan.

Sein Pferd stürmte vorwärts. Gleichzeitig warf der Minotaurus den Shatang von der rechten Hand in die linke, hob ihn hoch und warf. Die Lanze des Istarers neigte sich und bohrte sich in demselben Augenblick in Waydols Schulter, als der Shatang den Reiter in den Hals traf.

Er durchdrang den Mann so tief, daß sein fast durchtrennter Hals noch einen Augenblick auf seinen Schultern wackelte, ehe der Mann vom Pferd stürzte. Auch zwei Reiter hinter ihm kamen zu Fall, obwohl sie sich bemühten, ihren toten Hauptmann nicht zu überrennen.

In diesem Moment des Durcheinanders ritten Pirvan und Haimya zwischen die Istarer. Sauseschritt und Schleicher rannten hinter ihnen her. Plötzlich war die Luft von Kriegsgeschrei erfüllt, von Pferdegewieher und klirrendem Stahl, von fliegenden Bolas und dem unheimlichen Getöse eines lustvoll geschwungenen Kenderhupaks.

Pirvan hätte fast sein Pferd an seinen zweiten Gegner verloren, antwortete jedoch, indem er dessen Pferd die Klinge über den Leib zog. Das Pferd bäumte sich auf und warf seinen Reiter ab, dem Pirvan sogleich ein Messer in den Hals stach, als er aufstehen wollte.

Haimya hatte es mit ihren Gegnern schlechter getroffen; Pirvan sah, wie Schleicher seine letzte Bola benutzte, um das Pferd eines Gegners niederzustrecken, der sich Haimya von hinten näherte. Der Ritter winkte Schleicher dankbar zu.

Innerhalb kürzester Zeit hatten die Istarer fünf Männer und jeden Rest von Ordnung verloren. Zu diesem Zeitpunkt stürzte sich Waydol wieder in den Kampf. Er hielt die blutige Lanze, die er aus seiner Schulter gezogen hatte, erst in der einen Hand, dann umfaßte er sie mit beiden Händen und schwang sie wie eine Keule. Plötzlich gab es einen weiteren leeren Sattel – und die Lanze war wie ein Zweiglein zerbrochen.

Pirvan glaubte Waydol grunzen zu hören. Dann sah er, wie der Minotaurus sich mit beiden Händen über die Schulter langte und seine Clabbarde zog. Und schließlich folgte eine Vorführung dessen, was ein Minotaurus, der in jungen Jahren mit einer Clabbarde in jeder Hand gekämpft hatte, viele Jahre später noch anrichten konnte, selbst wenn seine eine Schulter nur noch eine blutige Masse zerrissener Muskeln war.

Die Istarer, die dies miterlebten, lebten größtenteils nicht mehr lange genug, um jemandem davon erzählen zu können. Waydol säuberte seine Umgebung von lebenden oder zumindest kämpfenden Männern und Pferden schneller, als ein Durstiger einen Becher Wein leeren konnte. Ein paar Pferde, die nicht gleich fielen, rannten wiehernd vor Schmerz oder schierem Entsetzen mit leeren Sätteln davon.

Die anderen Kavalleriesoldaten begannen den Rückzug anzutreten, ob aus Angst oder um der Infanterie den Weg freizumachen. Schleicher erwischte einen dieser vorsichtigen Krieger mit einer Schlinge, und Sauseschritt sprang hinter einen anderen und holte ihn mit der Garotte aus dem Sattel. Der Mann schlug noch um sich, als er auf dem Boden landete, so daß Haimya hinüberritt und ihr Pferd zum Aufbäumen brachte, so daß es dem Mann mit den Vorderhufen die Brust zertrümmerte.

Dann sah Pirvan Bewegung in der Aufstellung der Infanterie. Es wurde Zeit, sich von Haimya zu verabschieden, bevor die Soldaten anrückten.

Das Banner des Oberhauptmanns brach durch die Reihen der Infanterie. Beliosaran wollte den letzten Angriff offenbar persönlich anführen.

Dann geschah in einem einzigen Moment mehr, als selbst drei Männer mit je drei Augen hätten wahrnehmen können. Auf den Felsen über dem Eingang zur Festung tauchten Bogenschützen auf. Auf die Istarer Kavallerie zur Linken, die gerade absitzen und den Eingang gegen Eprons Quadrat verteidigen wollte, hagelte der Tod herab.

Birak Epron machte aus seinem Quadrat eine Reihe, damit alle Schützen freie Schußlinie hatten. Sie schossen, und die überlebenden Reiter gesellten sich zu ihren Kameraden.

Beliosaran und seine Leibwachen gaben ihren Pferden die Sporen – und Waydol schickte seine letzten Shatang auf Reisen. Er traf das Pferd des Oberhauptmanns, und das Tier blieb so abrupt stehen, daß sein Reiter über seinen Kopf hinwegschoß. Er landete jedoch unversehrt, sprang augenblicklich auf die Beine und zog sein Schwert.

Er gab eine schöne, kriegerische Gestalt ab in diesem letzten Moment seines Lebens

Waydol kam näher und schwang seine Clabbarde. Die Klinge mit den Sägezähnen trennte Beliosaran so mühelos den Kopf ab, wie ein Mädchen eine Traube pflückt. Die Leibwachen des Oberhauptmanns waren noch zu weit entfernt, um ihre Lanzen benutzen zu können, aber nicht weit genug, um außer Reichweite der Clabbarde zu sein.

Wer nicht aus dem Sattel geschlagen wurde, war zu sehr mit dem Kampf beschäftigt, um den Angriff von Pirvan und seinen Kameraden zu bemerken. Im Nu waren die Gefährten da, und eine Reihe anderer Wachen aus Istar fiel, obwohl es Pirvan nun ausreichte, die Männer nur vom Pferd zu holen. Er wollte sie gar nicht mehr töten.

Die Festung hatte plötzlich eine echte Chance, ebenso die Nachhut. Aber die fünf Kameraden um Pirvan standen jetzt auf knapp hundert Schritt Entfernung tausend Mann aus Istar gegenüber, die angesichts ihres toten Anführers in Wutgeheul ausbrachen.

Ein Feuerball fiel vom Himmel und kam eine Speerlänge vor den Istarern auf. Vom Ort seines Aufpralls schlugen Flammenzungen in alle Richtungen. Manche reichten fast bis zu Pirvan; viele erfaßten die Männer aus Istar.

Pirvan riß den Mund auf, schloß aber die Augen und wünschte, er könnte auch seine Nase verschließen. Er hatte schon genug tote Männer gesehen, die sich noch winden und schreien konnten, und genug verkohltes Fleisch gerochen.

Doch nur der Gestank nach heißer Erde und brennendem Gras erreichte ihn. Er schlug die Augen auf. Überall, wo die Flammenzungen Gras und Unterholz berührt hatten, loderten Feuer auf. Und die Istarer zogen sich zurück, ja, sie rannten davon, als ob die Flammen ihnen auf den Fersen wären. Manche warfen ihre Rüstungen weg, und alle schrien vor Angst, manche auch vor Schmerzen.

Aber es war keine einzige verkohlte Leiche zu sehen, geschweige denn zu riechen.

»Ich glaube, wir haben Rubina gefunden«, sagte Waydol, »oder sie uns«. Dann hustete er. Blut spritzte auf den Boden vor seinen Füßen.

Pirvan ritt auf den Minotaurus zu. Dann wurde ihm klar, daß es sinnlos war, jemanden auf ein Pferd hieven zu wollen, der mehr wog als er und Haimya zusammen.

»Haltet Euch an meinem Sattel fest.«

»Nein. Ihr geht … geht rein. Es sind noch mehr Istarer da, und Rubina kann sie vielleicht nicht alle verjagen.«

»Waydol, Ihr habt mir die Treue geschworen, das heißt, Ihr habt versprochen, mir zu gehorchen.«

»Ich habe nur versprochen, daß ich meine Bande auflöse und sie in Frieden wegschicke.«

»Den Advokaten könnt Ihr später spielen«, sagte Haimya, die auf Waydols andere Seite ritt und nach unten griff. »Ihr *könnt* uns nicht die Schande bereiten, Euch hier draußen zurücklassen zu müssen.«

Waydol grunzte. Das Grunzen verwandelte sich in ein weiteres Husten, und mehr Blut gesellte sich zu dem, das schon auf dem Boden zu sehen war.

Pirvan und Haimya sahen sich über den Kopf des Minotaurus hinweg in die Augen. *Lungenwunde. Wenn wir ihn nicht zu Sirbones bringen, verblutet er, oder er erstickt.*

Pirvan packte eines der enormen Handgelenke von Waydol und legte es an seinen Sattelknauf. »Jetzt halt dich fest, Freund Waydol, denn wenn du über deine eigenen Hufe stolperst, müssen wir leider absteigen und mit dir sterben!«

Hinter ihnen zerbarst im Rücken der ersten Feuerlinie ein weiterer Feuerball. Eine Pinie wurde zur Flammensäule, und als ein Bach zu brodeln begann, schoß Dampf daraus empor wie aus einem Geysir.

Tarothin war sich vage dessen bewußt, daß Rubina an Land beschäftigt war. Er beließ es absichtlich bei diesem vagen Bewußtsein. Bewußtsein konnte zu Beeinflussung führen, und dies war nicht die Zeit für das Böse, neutrale Sprüche zu beeinflussen.

Nicht, wenn er den Feind beinahe schon im Griff hatte. Es war fast einfach gewesen, nachdem Rubina ihm die Methode verraten hatte; das würde er nie vergessen.

Was den Rest anging – als neutraler Zauberer, der für das Gleichgewicht kämpfte, hatte er eine Macht, welche die Priester des Bösen, die gegen das Gleichgewicht ankämpften, niemals erreichen konnten.

Er ergriff seinen Stab und begann, die ersten fünf Silben zu wiederholen, die Rubina ihn gelehrt hatte.

Es hatten nicht mehr als ein Dutzend Schützen auf den Felsen über dem Eingang gewartet, aber diese hatten den Vorteil der Höhe und des Überraschungsmoments und waren handverlesene Männer.

Pirvan beharrte dennoch darauf, daß sie weitergingen, durch den Eingang, den Tunnel hinunter und in die Festung. Er stieg ab, klatschte seinem Pferd auf die Flanke und sah es davontänzeln. Er hoffte, es würde einen Weg um die Flammen herum finden – Rubinas Feuerbälle hatten jetzt drei feurige Halbkreise um die Festung gelegt.

»Waydol?« Pirvan lief ein eisiger Schauer den Rücken hinab, als er merkte, daß er den Minotaurus nicht mehr sehen konnte.

»Hier drüben.«

Pirvan eilte um einen Felsen. Waydol saß auf dem Boden. Sein Kopf war ihm auf die Brust gesunken. Jetzt rann das Blut stetig aus seinem Mund.

»Mußte … mußte die … Falle fertigmachen. Wir können die Felsen … die Felsen von innen herunterrollen. Meine Leute … wissen wie.«

»Das kannst du selber machen, sobald Sirbones dich geheilt hat.«

»Sirbones …«

»Ein Priester der Mishakal heilt jeden, sofern es in seiner Macht steht.«

Waydol hob den Kopf. Die Hälfte seines Mundes verzog sich zu einem Lächeln. »Für mich … bräuchte er ziemlich viel Macht.«

»Je länger wir warten, desto mehr wird er brauchen.« Pirvan hoffte, daß er Waydol nicht zurücklassen mußte, weil dieser nicht mehr laufen konnte. Dann müßte er acht bis zehn Männer finden, die den Minotaurus durch den Tunnel tragen konnten.

»Wenn es sein muß …«

»Ich weiß nicht, was sein muß, aber was *nicht* sein muß, ist, daß du hier draußen allein stirbst.«

»Ja, mein Gebieter.«

Waydol taumelte, als er aufstand, und mußte einen Teil seines Gewichts auf Pirvan stützen, doch der Ritter hatte in seiner Ausbildung schon schwerere Steinlasten geschleppt. Und diesen Steinen war er nicht durch seine Ehre verpflichtet gewesen!

Pirvan hatte keine Schwierigkeiten, Träger zu finden, nachdem er und Waydol in die Festung getaumelt waren. Es rannten genug Männer herbei, um ein größeres Schiff damit zu bemannen. Vier von ihnen brachten ein schweres Türblatt mit Handgriffen, auf das sie den Minotaurus legten. Die vier Männer und so viele andere, wie Hand anlegen konnten, hoben die Tür hoch, und begannen mit ihrer Prozession zum Strand.

Pirvan konnte für Waydol nichts mehr tun, deshalb ging er auf die Suche nach Birak Epron und Haimya. Er fand sie mit gezückten Schwertern vor Waydols Hütte, wo sie einem Dutzend aufgebrachter Männer gegenüberstanden. Ihrem zerlumpten Aussehen nach waren die meisten davon entweder neue Rekruten oder Flüchtlinge.

»Was geht hier vor?« polterte Pirvan.

»Diese Männer wollten in Waydols Hütte eindringen«, berichtete Birak Epron. »Sie sind dazu nicht berechtigt. Sie sagen, sie wollen seine Sachen an den Strand bringen. Ich denke, sie sind auf Beute aus.«

»Möglich«, sagte Pirvan und bedachte die Männer mit einem Blick, der sie einige Schritte zurückweichen ließ. »Oder vielleicht überlegen sie, wieviel der Königspriester ihnen wohl für die Geheimnisse eines Minotaurus zahlt, der zwanzig Jahre unter Menschen gelebt hat.«

»Nun, bei allen guten Göttern, warum auch nicht?« sagte ein Mann. »Waydol kehrt zurück, ohne …«

Birak Epron hatte ihn plötzlich mit einer Hand am Kragen gepackt und drückte ihm die Spitze seines Dolches an die Kehle. »Wer hat dir das erzählt?«

Der Mann gurgelte etwas, das wie ein Name klang. Birak Epron schleuderte ihn von sich weg wie eine vergammelte Hammelkeule. »Derselbe, der den Bogenschützen aufgehetzt hat, der Pedoon tötete. Jedenfalls hat man es mir so erzählt. Bis zum Schluß versucht er, Ärger zu machen, aber diesmal hat er wenigstens keinen umgebracht. Jedenfalls, wenn ihr Mistkerle euch hier nicht wieder blicken laßt. Die Boote warten. Ihr seid drin, bevor ich an den Strand komme, sonst könnt ihr schwimmen.«

Die Männer rannten davon.

»Ich muß diesen Unruhestifter finden und umbringen, bevor wir diese Leute auf Solamnia loslassen«, sagte Birak Epron. »Ich weiß, Ihr und Eure Gemahlin seid zu ehrenhaft für so etwas, aber ich versichere Euch, es ist nötig.«

Im Augenblick hätte ihm Pirvan auch geglaubt, wenn er ihm versichert hätte, daß sie auf die Suche nach dem Graustein von Gargath gehen müßten. Der derzeitige Auftrag hatte seine Vorstellung von dem, was erlaubt und was nicht erlaubt war, über alle bisherigen Grenzen hinweg erweitert – und er hatte nicht das Gefühl, daß er vorher ein besonders ruhiges Leben geführt hätte.

Haimya warf einen Blick auf die Hütte. »Ich überlasse sie ungern den Plünderern aus Istar. Die bringen alles noch schneller zum Königspriester als diese Banditen eben.«

»Darüber können wir nachdenken, wenn wir die Männer gerettet haben …«, fing Epron an.

Trommelschläge von den Schiffen unterbrachen ihn. Dann Rufe und ein Schrei von unten.

Pirvan ließ den Blick über die Festung, dann über die Klippen gleiten. Da! Am Ostende der Bucht sprangen kleine Gestalten, die sich wie Bogenschützen bewegten, über die Felsen. Bogenschützen, die so standen, daß sie einen Teil der Schiffe und der Häuser erreichen konnten.

Und daß sie selbst so schwer zu erreichen waren, als würden sie mit Erlaubnis von Takhisis direkt aus dem Abgrund schießen.

Noch schneller als die verhinderten Plünderer rannten die Gefährten den Berg hinunter.

Waydol war schon mit einem Boot unterwegs zur *Windschwert*, als die drei den Strand erreichten. Die Bogenschützen rannten nach Osten und suchten sich Plätze, von wo aus sie den Feind zumindest ablenken konnten.

Nach allem, was Pirvan gehört hatte, sahen die Feinde aus wie Istarer – Waldläufer vielleicht oder Schützen von der Flotte. Diesen war es gleichgültig, ob der Bogen als Elfenwaffe galt, und sie zählten zu den vortrefflichsten Schützen außerhalb der Elfennationen. Außerdem hatten sie den Vorteil eines hohen Standes und versprachen insgesamt zu einem Problem zu werden, das Pirvan nicht vorhergesehen hatte und wirklich nicht brauchen konnte.

»Können von dort noch mehr kommen?« fragte er in die Runde. Die zwanzig Bogenschützen dort oben waren schon schlimm genug. Hundert hingegen …

»Nein«. Das war Schleicher. »Nur sehr gute Kletterer können dort hoch. Ich wette, für jeden, der da steht, ist einer abgestürzt.«

Das war ein gewisser Trost. Ebenso wie die beginnende Verteidigung der Festung. Ihre eigenen Schützen begannen zu schießen, zwar ungenau, da sie nach oben zielen mußten, aber sie waren zahlenmäßig überlegen und hatten reichlich Pfeile; den Rest würde vielleicht das Glück übernehmen.

Auch einige von Jemars Schiffen antworteten. Zwei hatten große Katapulte an Deck stehen, und zwei andere hatten gewaltige Festungsarmbrüste, die einen mannshohen Bolzen durch einen Fuß dickes Eichenholz schießen konnten. Es war eine dieser Armbrüste, die den ersten gegnerischen Schützen niederstreckte. Von einem Atemzug zum anderen war er nicht mehr zu sehen.

Das ließ seine Kameraden kurz innehalten, und diese Pause reichte Pirvan, um seine Begleiter zu der Hütte der Mishakal mit der blauen Tür zu führen. Davor lagen zahlreiche Verwundete auf Decken, aber Sirbones war nicht zu sehen.

»Ich … ich bin Delia«, stammelte eine dünne, blasse Frau, die ihren Stab über einen Mann mit einer Pfeilwunde im Oberschenkel hielt. »Ich war Hebamme und Heilerin von Lady Eskaia. Sie befindet sich an Bord der *Windschwert* in Sicherheit, aber Sirbones braucht Hilfe.«

»Ganz bestimmt braucht er die«, sagte Haimya. »Aber Waydol braucht ebenfalls dringend Hilfe. Kannst du uns sagen, wo Sirbones …?«

»Delia!« rief eine Stimme vom Berg herunter. »Habe ich dir nicht gesagt, du …?«

»Sirbones, es waren so viele. Sie liegenzulassen war schlimmer, als sie zu heilen. Laß gut sein, sonst muß ich auch noch Kraft darauf verwenden, dich zu heilen, wenn …«

Sirbones tauchte über ihnen auf einem Weg auf. Bevor Pirvan ihn bitten konnte, ihm diesen Wortwechsel zu erklären, ließen die Schützen auf der Klippe ihren bisher längsten Pfeilregen herabsausen.

Pirvan und seine Kameraden erlebten mit, wo drei von den Pfeilen landeten. Einer prallte von Birak Eprons Helm ab. Ein zweiter traf das Strohdach von Delias Hütte.

Der dritte traf Delia in den Magen. Sie stieß einen leisen

Schrei aus, legte eine Hand an den Pfeilschaft, dann setzte sie sich hin und biß vor Schmerzen die Zähne zusammen.

»Nicht berühren«, sagte Haimya. »Es ist wahrscheinlich keine tödliche Wunde, und wir haben einen guten Heiler zur Verfügung …«

»Oh, aber kein Heiler ist nah genug«, widersprach Delia. Sie verdrehte die Augen und fiel rücklings über den Mann, dessen Bein sie eben geheilt hatte.

»Herrin?« stieß der hervor. »Herrin?« wiederholte er, diesmal voller Kummer.

»Delia?« fragte Sirbones und eilte herbei. Er kniete sich neben sie und hielt seinen Stab längs über ihren Körper. »Delia?«

Dann richtete er sich langsam wieder auf. Sein Gesicht war zutiefst bewegt. »Ich habe sie gewarnt. Sie … als sie Lady Eskaia und dem Baby half, hat sie soviel von sich in diese Sprüche gelegt. Für sie selbst war nichts mehr übrig. Dann ging sie los und heilte andere, gab mehr und mehr von dem, was eigentlich schon gar nicht mehr da war, bis selbst ein Mäusebiß sie hätte töten können!«

Vor Tränen blind tastete Sirbones nach einer Stütze. Haimya ließ ihn seinen Kopf an ihre Schulter legen und hielt ihn fest, solange er weinte.

Er faßte sich schnell wieder, aber bis er weitersprach, sammelten sich bereits die Fliegen um Delia. »Stimmt es, daß Waydol …?«

Ein Donnerschlag unterbrach ihn. Pirvan sah auf und entdeckte ein Dutzend kleiner Feuerbälle, die die Klippe versengten, wo die Bogenschützen standen. Oder eher gestanden hatten – die Feuerbälle hatten ganze Arbeit geleistet.

Pirvans Blick folgte dem Sturz eines brennenden Schützen den ganzen Weg von der Klippe herab, bis der Mann im Wasser der Bucht zischend erlosch. Mehrere andere stürzten ihm nach, dann folgten einige Felsbrocken, die so heiß waren, daß auch sie Dampf aufsteigen ließen, als sie im Wasser landeten.

»Waydol ist ...«, setzte Pirvan an, dann fluchte er vor sich hin, als Rubina auf einmal scheinbar aus dem Nichts auftauchte.

»Ich finde, ich hätte etwas Besseres als Flüche verdient, Sir Pirvan«, sagte Rubina. Sie war fast so bleich wie Delia, und Pirvan hatte den Eindruck, daß ihr Zauberstab ihr jetzt als Stütze diente. Doch ihre Schönheit war durch nichts gemindert, und zum ersten Mal seit ihrer Landung – die Monate zurückzuliegen schien – trug sie ihre Schwarze Robe.

»Die galten nicht Euch«, sagte Pirvan. »Anscheinend kann an diesem Tag niemand einen Satz zu Ende bringen, ohne daß Freund oder Feind ihn unterbrechen.«

Rubina ging auf Pirvan zu, legte sich ihren Stab in die Armbeuge, dann schlang sie ihre Arme um den Ritter und küßte ihn hörbar auf die Lippen. »So!« sagte sie dann. »Das hat jedenfalls niemand unterbrochen, und das ist auch gut so, denn das wollte ich schon tun, seit ich Euch kenne.«

Sie drehte sich zu dem Priester der Mishakal um. »Sirbones, wenn Ihr gestattet ...«

»Ihr habt hier nicht das Kommando, Schwarze Robe«, unterbrach sie der Priester.

Rubina hätte fast mit dem Fuß aufgestampft, zuckte dann jedoch nur mit den Schultern. »Nun, auch Ihr habt einen letzten Gruß verdient. Ich gehe durch den Tunnel nach draußen und lasse die Felsen hinter mir einstürzen. Bitte laßt niemanden an den Mechanismus, bis ich durch bin. Ich kann diese Aufgabe allein besser erfüllen.«

Sie drehte sich um und lief den Abhang hinauf. Birak Epron machte hastig zwei Schritte hinterher. »Rubina?« Aus dem hartgesottenen Söldnerhauptmann war plötzlich ein junger Mann geworden, dessen erste Liebe ihm gerade eine Ohrfeige verpaßt hatte.

»Oh, verzeih mir, Birak«, sagte Rubina und kehrte noch einmal um. »Auch du hast einen Abschied verdient.«

Dieser Abschied nahm die Form eines noch längeren Kusses an als der, den sie Pirvan gegeben hatte. Sobald dies getan war, und bevor irgend jemand etwas sagen oder sich rühren konnte, verschwand die Schwarze Robe zwischen den Hütten.

Pirvan fand als erster seine Sprache wieder, und er nutzte sie, um Sirbones zu fragen: »Was macht sie denn – sie geht da raus, um zu sterben! Warum? Sie hat so viel für uns getan ...«

»So viel für Euch, ja«, erwiderte Sirbones. »Und so viel gegen die Königin der Finsternis und deren Tochter, Zeboim. Die Königin der Finsternis wird sich an einer Schwarzen Robe, die sie derart verraten hat, rächen wollen. Ihre Rache wird furchtbar sein und niemanden verschonen, der sich in diesem Augenblick in Rubinas Nähe aufhält. Sie geht allein, damit niemand durch Takhisis' Hand leiden muß.«

Sirbones Worte hatten ein noch längeres Schweigen zur Folge als Rubinas plötzliches Verschwinden. Diesmal war es der Kleriker, der das Schweigen brach.

»Laßt uns Träger für Delia suchen und für die anderen, die nicht laufen können, und dann auf zu den Booten.«

Das letzte, was Tarothin von Rubina mitbekam, war, wie sie einen Feuerball in den Tunnel zur Festung schleuderte. Halb eingestürzt und halb geschmolzen war der Tunnel nun praktisch nur noch für einen Gott passierbar.

Er rief nach ihr, wollte ihr eine letzte Botschaft zukommen lassen, merkte aber, daß die Botschaft von der magischen Wand abprallte, die er um sich errichtet hatte.

Nun gut. Was er schon hinausgesandt hatte, war alles, was er brauchte, und nichts, was diejenigen, die für Zeboim kämpften, schicken konnten, würde diese Mauer durchdringen und ihn erreichen können. Jedenfalls nichts, was sie schicken konnten, solange sie um ihr Leben kämpften.

Tarothin setzte sich bequemer hin und merkte, wie er sich entspannte. Sein Zeitgefühl war etwas durcheinandergeraten, seit er so tief in seinen Zaubern steckte, aber es konnte nicht mehr lange dauern, bis die Königin der Meere dringend die Hilfe ihrer Mutter brauchte.

Kapitel 11

Was Tarothin den Dienern der Zeboim antat, war eines jener Dinge, die leicht zu beschreiben, aber schwer zu vollbringen sind. Die Zauberei ist voll von solchen Dingen, aber so etwas hatte die Rote Robe noch nie erlebt.

Er schirmte sich ganz einfach gegen die bösen Zauberer ab. Dann umgab er diesen Schirm mit einem zweiten Spruch, der alle Macht der Diener von Zeboim auf sie selbst zurückwarf.

Tarothin kannte verschiedene Umkehrsprüche und hätte schon längst einen benutzt, wenn ein solcher Spruch nicht immer das Risiko beinhaltet hätte, *alle* beteiligten Zauberer zu vernichten. Solange er die Mauer um sich errichtet hatte *und* gleichzeitig gegen das Böse angekämpft hatte, hatte er die Hilfe von Rubinas Macht und ihre Kenntnisse der Schwarzen Magie gebraucht.

Der Erfolg entsprach – wie er später erfuhr – dem Höchsten, das man erwarten konnte.

Angeblich waren sieben Priester der Zeboim an Bord der Flotte aus Istar gewesen, auf drei Schiffen je einer und vier an Bord eines weiteren.

Zwei der einzelnen Priester starben, ohne daß ihre Schiffe zerstört wurden. Von dem einen fand man später nichts mehr, das als Überrest eines menschlichen Wesens zu erkennen gewesen wäre. Von dem zweiten fand man Überreste, beim Anblick derer selbst abgebrühte Matrosen sich abkehrten und sich übergaben – in das Wasser, das rasch durch Lecks und Risse eindrang.

Der dritte Einzelpriester verschwand, und niemand wußte wohin. Die gesamte Mannschaft seines Schiffes erfuhr, daß plötzlich unterhalb der Wasserlinie ein Loch im Rumpf klaffte, das für einen Ochsenkarren ausgereicht hätte. Als gut eingespielte Mannschaft stiegen die Männer rasch in die Boote und warfen auch genug schwimmfähige Ausrüstung von Bord, so daß die meisten von ihnen noch gerettet werden konnten.

Das Schiff mit den vier Priestern erlitt ein schlimmeres Schicksal.

Das erste Anzeichen dafür, daß etwas nicht stimmte, war ein plötzlicher, scharfer Ruck, der das Deck unter Dahrins Füßen erbeben ließ.

Dort, wo das Ringen der Stürme stattgefunden hatte, blies nur noch ein heulender Wind auf die Istarer zu. Ein Wind, der sich ebenso schnell legte, wie er begonnen hatte, und nur Schaumflecken auf den rasch kleiner werdenden Wellen hinterließ.

Die meisten Istarer hatten bereits alle Segel gerefft. Dahrin sah nur einen Mast brechen. Doch in der Mitte der Flotte schien sich ein großes Schiff aus dem Wasser zu heben, als würde ein Monster es hochhieven.

Sein Kiel ragte schon fast aus dem Wasser heraus, als das Schiff zerbrach. Es löste sich nicht langsam auf wie ein Schiff, das auf Klippen aufläuft, sondern zerplatzte regelrecht, wie eine reife Frucht, die fest gegen eine Steinmauer geworfen wird.

Masten und Sparren, Planken von Deck und Rumpf, Teile des Kiels, Decksausrüstung, Boote, Tauwerk, Segel, Vorräte – alles wurde nach allen Seiten katapultiert. Teile, die ein Mann nicht hätte heben können, flogen wie Pfeile davon. Dazwischen Gestalten, die nur die Männer der Mannschaft sein konnten, und die mit ungeheurer Kraft ins Wasser geschleudert wurden.

Dahrin betete kurz darum, sie mögen nicht gelitten haben.

Der Decksmaat hatte der Rudermannschaft bereits Befehle erteilt, und die *Möwenschwinge* schwang herum, bis sie den Istarern den Bug zuwandte. Wenn auf die Zerstörung des anderen Schiffes eine Welle folgen würde, würden sie dafür bereit sein.

Es kam eine Welle, doch die war eher ein vorübergehendes Anschwellen des Wassers. Das Deck hob und senkte sich unter Dahrin. Kaum ein Wassertropfen berührte die mitgenommene Galeere. Als die Welle vorüber war, kam ein Matrose herauf, um Dahrin mitzuteilen, daß Tarothins Kabine jetzt nicht mehr verschlossen war.

»Bist du reingegangen?«

»Äh … nein, Herr.«

»Wollen wir gemeinsam hingehen und nachsehen, ob wir noch einen Zauberer haben?«

Die *Möwenschwinge* hatte noch einen Zauberer, und dieser Zauberer war schweißgebadet und lag in tiefem Schlaf. Er schnarchte sogar so laut, daß er damit die strapazierten Fugen des Schiffes hätte aufsägen können.

»Stell ihm Wasser hin und sag in der Kombüse Bescheid, daß er nach dem Aufwachen jedes Essen haben kann, das er verlangt«, wies Dahrin den Matrosen an. »Ich bin an Deck. Wir nehmen Kurs auf die Bucht.«

Auf hoher See war die Welle, die den Tod der Diener Zeboims begleitet hatte, nur ein Schaukeln, das die *Möwenschwinge* kurz anhob. Näher an Land, wo sie flaches Wasser erreichte, war sie weniger harmlos.

Vom Boot aus hörte Aurhinius mehr von der Verwüstung seiner Schiffe, als er sehen konnte. Das ließ ihn tiefer erschauern als der Wind, aber er setzte ein möglichst ungerührtes Gesicht auf. Die Männer um ihn herum waren von einer Furcht befallen, die leicht in Panik umschlagen konnte; er würde dreimal verflucht sein, wenn er ertrinken sollte, nur weil ein paar Ruderer die Nerven und den Verstand verloren!

»Der magische Kampf ist vorbei, und ich glaube nicht, daß die anderen, die wir an Bord unseres Schiffes hatten, überlebt haben«, rief er. »Aber ich hatte schon lange meine Zweifel daran, daß sie gut oder rechtschaffen gewesen sind. Wer sich mit solchen Leuten einläßt, muß unter Umständen einen furchtbaren Preis dafür bezahlen.«

Und wenn diese Worte beim Königspriester ankommen, dann sei's drum!

»Ich glaube, die Rote Robe Tarothin ist von der *Stolz der Berge* geflohen, um die zu bekämpfen, die sich unsere Freunde nannten. Er ist neutral, und das heißt, daß er uns nicht verfolgen wird, solange er über das Böse triumphiert.«

Die Männer wirkten erleichtert, auch wenn sie offenbar nicht einmal die Hälfte von dem verstanden hatten, was Aurhinius sagte. Er war selbst nicht sicher, daß mehr als die Hälfte davon stimmte oder auch nur einen Sinn ergab. Aber in seinen Jahren als Kommandant hatte er schon viele Male etwas sagen müssen, um eine Stille mit Worten zu füllen, die sonst von Schrecken erfüllt gewesen wäre!

Auf einmal schien es, als würden all seine Anstrengungen zunichte gemacht, denn hinter dem Boot erhob sich eine Wasserwand.

Sie war am Grunde graublau und nach oben hin grünlicher, und sie ragte hoch wie das Achterkastell eines großen Schiffes über dem Boot auf. Sie brauste vorwärts, dann senkte sie sich – und Aurhinius spürte, wie das Boot sich hob.

»Nicht steuern und die Ruder festhalten!« brüllte er über das Brausen des Wassers hinweg. Vielleicht konnten sie einfach über den Wellenkamm auf die Seeseite gleiten, was ihnen nicht viel helfen würde, wenn eine weitere Woge kam, aber …

Ein schaumiger Wellenkamm schlug über sie hinweg, dann rutschten sie auf der anderen Seite der Woge hinunter. Sie brauste weiter und zerbrach zu Schaumbergen, wo die Küste flach war, und zu Gischtsäulen, wo sie felsig war.

Das Boot wurde erst umgeworfen, als alles Wasser, das die Welle an Land geworfen hatte, wieder seinen Weg ins Meer zurücksuchte. Kleine, unberechenbare Wellen schlugen von allen Seiten gegen das Boot, die Ruderer schwitzten und fluchten, und schließlich hob sich das Boot und stürzte dann auf einen Felsen herab, der normalerweise weit unter der Oberfläche gewesen wäre.

Der erste Mann, der über Bord ging, war Aurhinius' Sekretär, jedoch hätte man ihm keine Feigheit vorwerfen können. Der Felsen ließ einfach den Teil des Bootes zersplittern, in dem er gesessen – oder an dem er sich eher krampfhaft festgeklammert – hatte, und er stürzte ins Wasser.

Der zweite Mann, der über Bord ging, war Aurhinius selbst. Wenn das Boot nicht so offensichtlich am Sinken gewesen wäre, hätte er zur Rettung seines Sekretärs vielleicht einen Matrosen ausgeschickt. Da er aber ohnehin über kurz oder lang würde schwimmen müssen, konnte er sich ja auch gleich nützlich machen.

Er war mehr als nützlich. Der Sekretär war bereits untergegangen, als Aurhinius ihn erreichte, dann trieb er wieder an die Oberfläche.

»Hilfe! Ich kann nicht schwimmen!«

Aurhinius schlang dem Mann einen Arm um die Brust und begann mit dem anderen Arm und beiden Beinen zu schwimmen. »Ich aber. Ganz ruhig. Nur fünfzig Schritt, dann könnt Ihr an Land laufen.«

Es dauerte dann doch länger als gedacht, denn die Welle kam und ging noch einige Male. Ein Matrose mußte wiederbelebt werden, nachdem sich schließlich alle an Land geschleppt hatten, aber keiner aus der Mannschaft war ertrunken.

»Ich habe doch gesagt, daß die Rote Robe eigentlich gar nichts gegen uns unternehmen wird, nachdem sie ihre wahren Gegner bekämpft hat«, erinnerte Aurhinius die Männer.

Ihre Ladung hatte weniger Glück gehabt. Vieles von Aurhinius' Feldherrenrüstung und Kleidern lag nun genau wie die Kiste seines Sekretärs mit Pergament, Federn und Rechnungsbüchern zwischen Muscheln und Seegras auf dem Meeresgrund.

Aurhinius hoffte, daß er nicht viel zu kommandieren hätte, bis er etwas Trockenes zum Anziehen gefunden hatte. Beliosaran würde es zweifellos genießen, einen Tag länger den Befehlshaber zu spielen, und wahrscheinlich würde er dann noch mehr den Ogeranteil jedes Sieges für sich beanspruchen.

Zwei Reiter kamen den Abhang zum Strand heruntergeritten. Dann spornten sie ihre Pferde plötzlich so gewaltsam an, daß eines ausrutschte und stürzte. Das andere Tier kam so schnell herunter, daß es beinahe ins Meer gelaufen wäre. Der Reiter riß es im letzten Augenblick herum, sprang ab und kniete nieder.

»Lord Aurhinius. Beliosaran wurde getötet, und der Minotaurus und seine Leute fliehen über das Meer. Eure Befehle?«

Der Bote war Zephros, einer der jüngeren Söhne einer Familie, die beim Königspriester in hoher Gunst stand. Er war der letzte, den Aurhinius hören lassen wollte, was gesagt werden mußte, aber das war nicht sein Fehler, sondern einfach Schicksal.

»Unsere Flotte ist im Augenblick nicht in der Lage, die Bande des Minotaurus zu verfolgen. Was ist mit den Männern an Land? Ich weiß, Beliosarans Tod ist ein schwerer Verlust, aber wo sind seine Männer? Ist die Landungstruppe außer Gefahr?«

»Unsere Männer sind größtenteils in Sicherheit, obwohl die Stadttruppen zum Kämpfen keinen Mumm in den Knochen haben. Aber rund um die Festung des Minotaurus ist magisches Feuer gelegt. Es brennt, ohne zu zerstören, aber es hindert alle am Betreten der Festung.«

Und wir können keine Magie mehr dagegen einsetzen, dachte Aurhinius.

»Na schön«, sagte er. »Ich übernehme das Kommando und

schicke die Männer los, um das Land abzusuchen. Waydol hat vielleicht einzelne Männer zurückgelassen, von denen wir etwas erfahren können. Außerdem sollten wir dafür sorgen, daß andere Gesetzlose diese Festung nicht wieder herrichten und im Nordland Unruhe stiften können. Die Menschen hier haben genug gelitten.«

»Nicht mehr, als sie verdient haben. Immerhin haben sie einen Minotaurus geduldet!«

Aurhinius hörte ehrliche Gefühle aus diesem Ausruf heraus – ehrlichen Haß. Aber von Menschen wie diesem jungen Mann konnte man kaum Mäßigung erwarten. Wie sehr er sich vom Erben des Minotaurus unterschied!

Der General aus Istar fragte sich, ob Dahrin wohl noch am Leben war. Er hoffte es jedenfalls. Istar brauchte würdige Gegner, um seine Generäle zu beschäftigen – und um Männer wie diesen Adelssproß wahren Anstand zu lehren.

Der Rauch aus dem von Rubina zerstörten Tunnel stieg immer noch von der Bergflanke auf. Pirvan schritt über das Deck der *Windschwert*, bis Jemar der Schöne ihm in ziemlich scharfem Ton befahl, das zu lassen. An Bord eines Schiffes war dies das Privileg des Kapitäns.

Pirvan, der wußte, wieviel dem Seebarbaren auf der Seele lastete, ging ohne Murren nach unten.

Die größte Kabine war in ein Krankenlager für Waydol und Eskaia verwandelt worden. Auch Delia hatte man hier untergebracht. Sie lag in einer Ecke unter einer Decke, was Sirbones nicht ganz richtig fand. Jemar und Eskaia hatten ihm allerdings beide mit deutlichen Worten erklärt, was sie von seiner Ansicht hielten. Hätte er nicht nachgegeben, so hätten Pirvan und Haimya sich als nächste zu Wort gemeldet.

Birak Epron war mit dem Großteil seiner Männer an Bord der *Donnerlachen*, so daß die *Windschwert* nicht ganz so voll war wie einige der übrigen Schiffe. Doch auf einem von Menschen erbauten Schiff gab es nicht viele Orte, an denen man einen Minotaurus unterbringen konnte, und noch weniger Orte, die für einen Minotaurus taugten, welcher dringend geheilt werden mußte.

Haimya saß an Waydols Lager und hielt ihm die Hand, während Sirbones am anderen Handgelenk seinen Puls prüfte. Waydol warf den Kopf hin und her. Immer wieder gab er ein tiefes Stöhnen von sich. Jedesmal, wenn er das tat, sah Pirvan auch Haimya zusammenzucken, weil die riesige Pranke des Minotaurus sich um ihre Hand schloß.

Aber Pirvan würde seine Frau nicht bitten zu gehen. Er wünschte nur, er könnte an ihrer Stelle sein.

»Lebt mein Erbe?« keuchte Waydol. »Habt ihr etwas gehört?«

»Wir wissen, daß die *Möwenschwinge* nicht untergegangen ist«, erwiderte Haimya. »Das hat das Lotsenboot signalisiert. Aber sie fährt ohne Masten und wird gerudert. Die See beruhigt sich, aber es kann noch eine Weile dauern, bis Dahrin an Bord kommt.«

Eine Weile, die Waydol länger leiden muß, wenn Sirbones nicht mit seinem womöglich letzten Spruch einen Minotaurus heilen kann, dachte Pirvan.

Sie hatten Waydol gewöhnliche Tränke angeboten, aber er hatte sie selbst daran erinnert, daß diese ihn umbringen konnten, wenn er innere Blutungen hatte. Außerdem war die Dosierung für Minotauren unbekannt. Und schließlich würde er ohne die Tränke wenigstens ganz bei sich sein, wenn Dahrin an Bord kam. Damit war die Diskussion beendet gewesen.

Pirvan und Haimya hatten den Eindruck, daß Waydol noch immer von seinem Lager aufstehen und sie an die Deckenbalken nageln konnte, wenn sie sich seinen Wünschen zu nachdrücklich widersetzten. Also warteten sie – auf Signale von Dahrin, auf einen günstigen Wind, darauf, daß Sirbones seine Kräfte wiedergewann – einfach auf irgend etwas.

Auf ein Ende von Waydols Schmerzen. Diesen Gedanken wollte Pirvan nicht in Worte kleiden, denn diesen Wunsch konnten die Götter nur erfüllen, indem sie Waydols Leben beendeten. *Wenn sie das tun, bevor er noch einmal mit Dahrin redet, dann ... dann weiß ich nicht, was ich als Ritter von Solamnia tun kann. Als Mann würde ich am liebsten ...*

Die Kabinentür schwang auf, und der einzige Mann an Bord, der eintreten durfte, ohne zu klopfen, eilte herein und hätte Haimya dabei fast umgerannt.

»Waydol! Ein Signal von der *Möwenschwinge.* Dahrin ist unverletzt und überglücklich über Euren Sieg. Und der Wind steht gut; wir brechen auf, sobald wir die Anker eingeholt haben!«

Waydols Gebrüll war nur ein Schatten seines früheren Selbst, aber es rief in der Kabine immer noch ein Echo hervor, bei dem Eskaia sich die Ohren zuhalten mußte. Es endete mit einem Hustenanfall, der blutigen Schaum hervorbrachte, und Haimya nahm ein mit Kräuterwasser getränktes Tuch, um dem Minotaurus Lippen und Kinn abzuwischen.

»Schickt jemand anderen herunter, um mich zu pflegen«, sagte Waydol. »Ihr solltet an Deck sein.«

Widerstrebend stand Haimya auf.

Pirvan und Jemar waren bereits an Deck, als sie sich zu ihnen gesellte. Pirvan legte einen Arm um sie, aber sie wandte den Kopf ab. Er wußte, was das bedeutete – Tränen, die er nicht sehen sollte –, und sagte nichts.

Rauch und Flammen schlugen aus einer der Hütten oben am Hang. Als der Rauch verflog und die Steine auf die tiefergelegenen Dächer polterten, erkannte Pirvan, wessen Hütte da gerade zerstört worden war.

»Wieder Rubinas Werk«, sagte er. »Damit niemand in Waydols Hütte nach seinen Geheimnissen herumschnüffelt.«

»Die Ruder ausbringen!« befahl Jemar. »Decksrolle, bereit zum Segelsetzen.« Er eilte nach achtern zum Ruderhaus.

Haimya lehnte den Kopf an Pirvans Schulter, und er spürte, wie sie bebte.

Jetzt brannte nur noch ein einziger Feuerkreis in der Ferne. Rubina saß auf einem Baumstumpf vor dem Zugang zur Festung. Wenige Schritte von ihr entfernt kühlte langsam ein geschmolzener Felsen ab.

Erschöpft kam sie auf die Beine und begann, den Hang zu erklimmen, bis sie einen Punkt fand, von dem aus sie das Meer sehen konnte. Sie hätte dorthin schweben können, doch nicht ohne den Zauber zu brechen, der den letzten Feuerkreis aufrecht erhielt.

Den aber würde sie beibehalten, bis das letzte Schiff auf offener See war.

Es war ein langer Anstieg für eine Zauberin, die einen ganzen Tag lang mit ihrer Kraft sehr freigiebig umgegangen war. Im Turm der Erzmagier hätte es nach einem solchen Tagewerk viel Schlaf und viele herzhafte Mahlzeiten gegeben.

Was die Aussicht auf herzhafte Mahlzeiten in dieser Gegend anging – Rubina hatte so ihre Zweifel. Der Schlaf war schon eine andere Sache.

Mehr als einmal geriet sie in Versuchung, Stab und Robe wegzuwerfen. Sie waren jetzt nur noch eine Last, und den Feuerkreis konnte sie mit wenigen einfachen Worten beenden. Jedenfalls würden die Worte einfach sein im Vergleich zu dem, was es sie gekostet hatte, die drei Feuerkreise zu entfachen, mit denen sie ihr Tagewerk begonnen hatte.

Doch sie hatte die Robe und den Stab schon so viele Jahre getragen, daß es sich unnatürlich angefühlt hätte, ohne sie zu sein. Und auf ein solches Gefühl legte sie keinen Wert, nicht in den letzten Stunden ihres Lebens.

Außerdem würde ihr ohne Robe kalt werden, falls diese letzten Stunden sich noch bis in die Nacht ausdehnen sollten. In jüngeren Jahren hatte Rubina an Verabredungen im Freien viel

Gefallen gefunden – sie erinnerte sich an einen stämmigen Soldaten, dessen Namen sie nie erfahren hatte, und an einen Wind voll Rosenduft, der über sie beide hinweggeweht war …

Die See tauchte so plötzlich vor ihr auf, daß sie ihren Stab in die Erde rammen und nach einem Ast greifen mußte, um nicht über die Kante zu rutschen.

Da waren die Schiffe. Zwei Flotten, eine im Osten und so weit weg, daß Rubina die Schiffe kaum zählen konnte, und eine im Westen, viel näher, aber immer noch weit genug weg, um keine bestimmten Schiffe erkennen zu können. Und dazu ein einzelnes Schiff, tiefliegend wie eine Galeere und anscheinend unter Rudern fahrend, das sich auf die Flotte im Osten zuarbeitete.

Rubina setzte sich so, daß sie das Wasser sehen konnte, sich aber in sicherer Entfernung von der Klippe befand. Dann hob sie ihren Stab und sprach ihren letzten Spruch, der kurzfristig ihr Sehvermögen schärfen würde, damit sie erkennen konnte, welche Flotte welche war.

Erst die im Osten. Für die Nähe brauche ich weniger Kraft.

Ihre Augen tränten, alles verschwamm, dann klärte sich ihre Sicht – und die *Windschwert* schien zum Greifen nahe zu sein.

Rubina glaubte sogar, Pirvan und Haimya dicht beieinander am Bug stehen zu sehen.

Den ganzen Tag hatte sie nicht geweint. Und auch jetzt weinte sie erst, als sie alle Schiffe von Jemar gezählt hatte. Alle zehn waren da, und dazu die *Möwenschwinge*.

Die Arbeit der Schwarzen Robe war beendet. Warum nicht einfach die paar Schritte nach vorne gehen?

Weil deine Freunde jetzt vor Takhisis' Rache in Sicherheit sind. Die einzigen, die noch an dieser Küste übrig sind, sind Feinde. Willst du die ungeschoren davonkommen lassen?

Dieser Gedanke ließ Rubinas Tränen versiegen. Es war eine angenehme Erkenntnis, daß man selbst nach dem Tode noch weiterkämpfen konnte, wenn man sich der Königin der Finsternis verschrieben hatte.

Vielleicht war die Entscheidung, die Schwarze Robe anzulegen, einst doch keine so schlechte Entscheidung gewesen.

Dahrin wäre bereitwillig bis zur *Windschwert* geschwommen, sobald die *Möwenschwinge* nah genug war, aber Jemar hatte bereits ein Boot zu Wasser gelassen.

In den Mienen der Männer war nichts Neues über Waydols Zustand zu lesen. Dahrin wußte, er hätte es den Leuten angesehen, falls der Minotaurus geheilt oder tot gewesen wäre, auch wenn niemand es in Worte gefaßt hätte.

Statt dessen schien das Schweigen wie Nebel über der See und über Jemars Flotte zu hängen. See und Luft waren ruhig, und es war, als hätte es hier und heute nicht Tod, Schrecken und Magie gegeben.

Jemar hieß Dahrin als erster an Bord seines Flaggschiffs willkommen, aber dann trat er zurück und ließ Pirvan sprechen.

»Waydol hat sich weiter verausgabt, nachdem er den Kampf längst hätte aufgeben müssen«, sagte Pirvan.

»Ist das Euer Urteil oder das des Priesters?«

»Ich vertraue dem Priester.«

»Er ist kein Krieger. Er ist … er hat durchaus Ehre im Leib, aber nicht die Ehre eines Minotaurus. Oder eines Kriegers. Ihr seid ein Krieger. Was meint Ihr?«

»An Waydols Stelle hätte ich dasselbe getan.«

Dahrin hielt Pirvan an den Schultern fest. »Danke ist nur ein kleines Wort. Wenn mir etwas Besseres einfällt …«

»Nur keine Eile damit«, sagte der Ritter. »Jetzt geht nach unten, bevor Sirbones Waydol für die Heilung schlafen legen muß.«

Dahrin stieß sich mehrmals den Kopf an den Deckenbalken, ehe er die richtige Kabine fand. Sirbones machte ihm die Tür auf, und Dahrins erster Gedanke war, daß der Priester der Mishakal selbst einen Heiler brauchte.

»Ich muß bald an die Arbeit gehen«, sagte Sirbones. »Ich habe jetzt wieder genug Kraft … glaube ich. Jedenfalls kann ich nicht länger warten.«

»Keine Angst«, sagte Dahrin. »Wenn meines Vaters Zeit gekommen ist …«

Sirbones schoß schneller davon, als Dahrin es ihm zugetraut hätte.

Aus der Kabine drang eine heisere Stimme an Dahrins Ohr: »Wie hast du mich gerade genannt?«

Dahrin biß sich auf die Lippe und wünschte, er könnte sich seine unbeherrschte Zunge abbeißen. Er wünschte auch, er würde weniger erröten, aber wenn er auf eine normale Gesichtsfarbe warten wollte, würde Waydol am Ende sterben, bevor sein Erbe die Kabine betrat.

Also ging er hinein und kniete neben Waydols Lager nieder. Sogleich fühlte er eine große Hand, die ihm die Haare zauste. Viel gab es nicht zu zausen, da er sich die Haare vor dem Auslaufen kurzgeschoren hatte. *Nicht viel da für ein Bestattungsopfer,* schoß ihm durch den Kopf.

»Und, wie hast du mich genannt?«

»Vater.«

»Hmmm. Ich bin nicht … nicht körperlich dein Vater. Aber in jeder anderen Hinsicht … werde ich … diesen Titel nicht ablehnen.«

»Wer ein Kind Ehre lehrt, ist der Vater seiner Seele.«

»Hast du … ah … hast du dir das gerade selbst ausgedacht?«

»Ich habe es nirgendwo gelesen.«

»Nein, in der Festung gab es nicht viele Bücher und auch nicht viele Bücherliebhaber. Wenn du Sir Pirvan höflich fragst, wird er dir bestimmt seine Bibliothek zur Verfügung stellen.«

Aber Dahrin wollte ganz andere Dinge tun, als über seine weitere Ausbildung sprechen. Zum Beispiel weinen. Am liebsten hätte er sich in den Abgrund werfen lassen.

»Nun, du hast jedenfalls recht – oder der, der das gesagt hat. Also, lauf und hol Sirbones, mein Sohn. Wenn er sich an mir nicht sinnlos erschöpfen soll …«

Ein schmerzhaftes Aufkeuchen unterbrach Waydols Worte, und Dahrin fühlte, wie der Minotaurus erzitterte. Dann berührte eine schmale Hand seine Schulter.

»Ihr bleibt bei Eurem Vater, Dahrin. Ich werde Sirbones holen.«

Lady Eskaia. Sie trug nur ein Nachthemd, welches soviel weniger verbarg als ihre normalen Kleider, daß Dahrin erneut heftig errötete. Außerdem dachte er daran, daß sie selbst dem Tode nahe gewesen war.

»Keine Widerrede, Dahrin«, sagte sie mit einer Stimme, die Waydol an die Tage von Dahrins Kinderstreichen erinnerte. »Ich kann gewiß die zehn Schritte laufen, um herauszufinden, in welcher dunklen Ecke Sirbones an seinen Nägeln kaut.«

Sie verschwand, hinausbegleitet von einem schwachen Rumpeln, das Dahrin erst nach ein paar Augenblicken erkannte: Waydol – sein Vater – lachte.

Sir Niebar hatte seine Pläne auf dem Weg von Gut Tiradot zum »Oger in Ketten« mehrfach geändert. Jedesmal hatte das daran gelegen, daß er etwas Neues über Pirvans Krieger erfahren hatte.

Meistens ging es darum, wieviel sie von Sir Pirvan über jene Künste gelernt hatten, die sie zartfühlend als »den früheren Beruf des Ritters« umschrieben. Da hierzu etwa die Kunst zählte, wie man ein Haus von oben statt von unten betritt, wie man Wachhunde außer Gefecht setzt, ohne sie umzubringen, und wie man sich so lautlos wie sonst nur körperlose Wesen bewegt, war Sir Niebar dem Ritter der Krone recht dankbar für dessen Lehren.

Er fragte sich jedoch unwillkürlich, was die Männer auf Gut Tiradot noch gelernt hatten und nicht erzählten. Und ob Sir

Pirvans Freunde und Feinde dies erst im letzten Moment erfahren würden.

Die Krieger hatten auch eine ganze Menge spezieller Gerätschaften und Heilmittel aus der Waffenkammer des Guts mitgebracht. Hierzu gehörten Stiefel mit Nagelsohlen, Kletterhandschuhe, Kletterhaken an Seilen, Strickleitern, Salben, mit denen man seine Haut abdunkeln oder ihren Geruch überdecken konnte, und Tränke, die man auf Fleisch oder Zwieback sprenkeln und für unliebsame Hunde auslegen konnte.

Jeder trug einen Teil der Ausrüstung, als die sieben Männer auf den »Oger in Ketten« zuhuschten, während Wolken das letzte Licht der Monde verdunkelten. In den Häusern waren nur wenige Lichter zu sehen, und im Gasthaus kaum mehr. Bis zum nächsten Fest war es noch einige Tage hin; jedermann würde am nächsten Tag seine Arbeit zu verrichten haben und lag wahrscheinlich schon im Bett.

Sir Niebars Teil des Gepäcks bestand – abgesehen von seinen Waffen und ein paar zusätzlichen Pfeilen für die Bogenschützen – aus einem großen Packsack. In dem wollten sie Gesussum Fallenspringer herabseilen, falls er nicht in der Lage war, selbst zu klettern.

Da man diesen Sack erst am Ende des Überfalls und nur im äußersten Notfall brauchen würde, erfüllte Sir Niebar nun die Aufgaben eines Postens. Während er Wache hielt, schoß ein Krieger einen Pfeil mit einem Haken daran hoch in die Sparren des Gasthauses. Ein zweiter kletterte am Seil hoch und zog ein zweites Seil hinter sich her. Ein dritter befestigte eine Strickleitor an dem zweiten Seil, kletterte daran hoch und nahm dabei die Leiter mit, die er am Rahmen einer Dachgaube festmachte.

Das Fenster stand offen, und der vierte Krieger spuckte verächtlich aus, als er davon erfuhr. »Das wäre Sir Pirvan in seinem einstigen Beruf richtig peinlich gewesen«, flüsterte er verärgert. »Keine echte Herausforderung. Die haben hier keinerlei Sicherheitsmaßnahmen getroffen.«

Das schien zu stimmen, aber schließlich hatte der Wirt keinen Grund zu der Annahme, daß jemand Wertsachen auf seinem Dachspeicher vermutete. Wahrscheinlich hatte er eher alle Treppen zum Speicher verschlossen, nur für den Fall, daß der Kender sich von seinen Handschellen befreien konnte und ungern aus dem zweiten Stock springen wollte.

Der vierte Krieger verschwand die Leiter hoch und nahm dabei einen Ritter mit. Sir Niebar und der andere Ritter blieben als Posten unten – auch für den Fall, daß der Dachspeicher mit einer Falle gesichert war. Wenn sie nicht mit dem Kender entkommen konnten, mußte jemand sich zu einer Burg durchschlagen und die Ritter warnen.

Wiederholt nahm Sir Niebar aus dem Augenwinkel Bewegungen wahr, doch sobald er direkt in ihre Richtung blickte, verschwanden sie. Er wußte, daß Dunkelheit und Unruhe die Augen täuschen konnten; außerdem hörte er nichts.

Was nicht bedeutete, daß geübte Männer wie die Schweigenden Diener sich nicht gerade jetzt an ihn heranschlichen …

Aus der Dachgaube fiel auf einmal Licht. Einen Augenblick war Sir Niebar wie geblendet, dann dachte er, das Gasthaus stünde in Flammen. Schließlich tauchte eine kleine Silhouette im Fensterrahmen auf. Ohne zu zögern, schwang sie sich auf den Ast eines Baumes, der dicht am Gasthaus stand.

Unter dem Gewicht eines Menschen wäre der Ast einfach abgebrochen. Ein Kender jedoch, selbst ein ausgewachsener, bog ihn nur so tief herunter, daß er gefahrlos zu Boden springen konnte. Trotzdem hatte er keine sanfte Landung, und da er ohnehin sehr mitgenommen war, blieb er stöhnend liegen. Auch als Sir Niebar zu ihm rannte, lag er immer noch hilflos da.

»Die Tätowierten …«, keuchte er.

Die Warnung kam gerade noch rechtzeitig. Sir Niebar und sein Kamerad sprangen auf und standen schon mit gezogenen Schwertern Rücken an Rücken, als vier dunkel gekleidete Gestalten hinter den Bäumen hervorstürmten. Zur gleichen Zeit tauchte ein Krieger am Fenster auf.

»Lauft!« rief er.

Sir Niebars Meinung nach hatte dieser Schrei nur einen Sinn, nämlich das ganze Haus aufzuwecken. Die Ritter am Boden würden ihre Gefährten unter keinen Umständen im Stich lassen. Außerdem würden sie keine Chance haben, Gefangene zu machen, wenn sie blindlings davonrannten.

Deshalb gingen die beiden Ritter sogleich an die Arbeit und erkannten – teils zu ihrem Verdruß, teils zu ihrer Erleichterung –, daß die vier, die ihnen gegenüberstanden, keine geübten Schwertkämpfer waren. Verdruß, weil ein Kampf gegen Männer, die man gar nicht hätte in die Schlacht schicken dürfen, nicht besonders ehrenvoll war; Erleichterung, weil dies ihre Aussicht auf einen Sieg verbesserte.

Dennoch mußten sie zwei der Schweigenden Diener töten, und ein dritter floh schwer verwundet in die Nacht. Der vierte wäre womöglich unverletzt entkommen, wenn Fallenspringer sich nicht plötzlich herumgeworfen und ihm einen Dolch ins Bein gestoßen hätte, den er einer der Leichen abgenommen hatte.

Der Mann schrie auf, taumelte und fiel dann um wie ein gefällter Baum, als Sir Niebar ihm die flache Seite seiner Schwertklinge an die Schläfe klatschte. Der zweite Ritter kniete sich augenblicklich neben den Gegner, zum einen, um sich zu vergewissern, daß dieser außer Gefecht gesetzt war, und zum anderen, um ihm die Wunde notdürftig zu verbinden.

Der Kender tanzte kurz um den hilflosen Mann herum. Sir Niebar hatte noch nie einen Kender gesehen, der bereit war, blutige Rache zu nehmen, und er wollte damit auch jetzt nicht anfangen.

Doch der Zustand des Kenders sprach für sich. Mehrere Fingernägel und Zähne fehlten ihm, dazu wies er alle Verletzungen auf, von denen Sir Pirvan berichtet hatte. Es war ein kleines Wunder, daß er dennoch so behende war. Und es war überhaupt keine Frage, daß er das Blut eines seiner Folterer vergossen hätte, wenn die Ritter nicht zur Stelle gewesen wären.

Mittlerweile waren die vier Krieger wieder vom Speicher heruntergeklettert – einer von ihnen wurde genauer gesagt geworfen. Als er im Kies landete, sah Sir Niebar den Grund: Ein Schwert oder Dolch hatte das Herz des Mannes durchbohrt; er mußte schnell und schmerzlos gestorben sein.

Sir Niebar vergewisserte sich persönlich davon, daß der Gefangene eine Tätowierung aufwies. Zwei der Krieger liefen zur Vordertür des Gasthauses und schoben einen großen Wagen davor, um jeden zu entmutigen, der sie vielleicht öffnen wollte. Der dritte Ritter tat an der Hintertür etwas Vergleichbares, indem er einen Reisighaufen anzündete. Sir Niebar betete ernsthaft zu Sirrion, dem Gott des schöpferischen Feuers, daß das Reisig lange genug brennen möge, um hilfreich zu sein, aber nicht so lange, daß es das Gasthaus niederbrannte und Unschuldige in Asche verwandelte.

Der Tragesack erwies sich nun doch noch als nützlich, denn Fallenspringer hatte bei dem Tanz seine letzten Kräfte verausgabt. Sir Niebar, der größte der sieben Recken, trug den Kender auf seinem Rücken. Zwei andere schleppten den toten Krieger.

Bis die Gefährten an den Häusern hinten am Weg ankamen, wo sie ihre Pferde zurückgelassen hatten, waren dort die Bewohner erwacht. Doch die Wachhunde schliefen größtenteils noch – wegen des Schlafmittels, mit dem die Krieger ihr Lockfutter versetzt hatten. Die meisten Menschen, die aus den Häusern schauten oder herausgerannt kamen, verließen sie durch den Vorderausgang, während die Gefährten hinten vorbeiliefen. Außerdem hatten die Ritter alle ihr Gesicht geschwärzt und trugen dunkle Kleider.

Sir Niebar kam der Gedanke, daß jeder, der sie näher ansah, sie leicht für eben die Bande der Schweigenden Diener halten konnte, die sie gerade besiegt hatten und die den Kender gequält hatte. Wenn das so war, würden die Bauern um so eher wegschauen.

Die Pferde waren dort, wo die Krieger sie angebunden hatten, nur stand jetzt neben jedem ein Kender, der die Zügel im Nu hätte lösen oder gar mit dem Dolch durchschneiden können.

»Wir wollten nicht, daß die Tätowierten eure Pferde bekommen und beweisen können, wer ihr seid«, sagte Lautschwätzer.

Gesussum Fallenspringer steckte den Kopf aus dem Sack. »Miron Lautschwätzer! Was machst du hier? Falls es etwas Nützliches ist, wäre es das erste Mal, daß du …«

»Wenn nicht einmal die Gefangenschaft dich bessere Manieren gelehrt hat, Gesi, kann der Ritter dich ruhig ins Gasthaus zurückbringen«, erklärte Miron Lautschwätzer. »Na, komm schon. Diese guten Männer haben auch ohne dich genug zu tragen, und Sherma wird sich freuen, dich wiederzusehen – nein, wenn ich's mir genauer überlege, vielleicht auch nicht, jedenfalls solange du kein Bad genommen hast. Darf ich fragen, wann man dich zuletzt auf zehn Schritte an heißes Wasser herangelassen hat?«

»Darfst du nicht«, sagte Fallenspringer, aber er kletterte aus dem Sack, taumelte und fiel Miron Lautschwätzer in die Arme. Die anderen Kender versammelten sich um ihn und hoben ihn hoch, und noch bevor Sir Niebar den Mund aufmachen konnte, um ihnen zu danken, waren die Menschen mit ihren Pferden allein.

»Nun, es sieht so aus, als hätten wir unseren Gefangenen«, sagte Sir Niebar. »Und Lautschwätzers Nichten und Neffen werden bald Geschichten über einen tapferen Onkel Fallenspringer erzählen können. Obwohl ich hoffe, daß sie die Sache nicht außerhalb der Familie weitererzählen.«

»Vielleicht, vielleicht auch nicht«, sagte der Krieger, der

dafür plädiert hatte, dem Kender zu helfen. »Aber Ihr wißt, wie es mit diesem Völkchen ist. Was der eine weiß, wissen bald alle. Das hat uns heute nacht nicht geschadet, Sir Niebar, und mit etwas Glück schadet es uns auch in Zukunft nicht.«

»Überlassen wir die Zukunft sich selbst. Was wir jetzt brauchen, sind Ruhe, gute Pferde und daß die Nacht dunkel bleibt.«

»Aye, Sir Niebar.«

Innerhalb von fünf Minuten waren die Männer und ihre Pferde so spurlos in die Nacht verschwunden wie zuvor die Kender, wenn auch nicht ganz so lautlos.

An einem Küstenstrich, der mehr aus nacktem Fels denn aus Wald bestand, saß auch Rubina allein in der Nacht.

Sie wußte jedoch, daß sie nicht allein in diesem Land war. Von ihrem Platz aus sah sie die Fackeln von vier Istarer Suchtrupps, die über das Schlachtfeld zogen. Sie schienen unter jedem Busch und Stein nach toten und verwundeten Kameraden und nach den letzten Männern von Waydol zu suchen.

Zweimal hörte sie Stahlgeklirre und dann Todesschreie, als sie Männer aufstöberten, die entweder Feinde waren oder nicht beweisen konnten, daß sie Freunde waren. Bis jetzt hatten sie Rubina nicht gefunden, ja, sich ihr noch nicht einmal sehr genähert.

Takhisis wiederum hatte sich überhaupt nicht gezeigt. Rubina hätte erwartet, längst im Abgrund gemartert und dann für weitere Qualen wieder zum Leben erweckt zu werden. Vielleicht heilte oder tröstete die Königin der Finsternis gerade ihre Tochter Zeboim?

Vielleicht. Wahrscheinlicher allerdings war, daß Takhisis kommen würde, wann sie wollte. Wenn sie Rubina zwang, Tage, Monate oder Jahre allein unterwegs zu sein, weil sie niemand anderen in ihr Schicksal mit hineinziehen wollte, würde dies eine schleichende Folter sein. Schließlich war die Königin der Finsternis eine Göttin, die über mehr Zeit und mehr Grausamkeit verfügte als jeder Sterbliche.

Jetzt kroch schließlich doch eine der Fackelreihen den Hügel zu Rubinas Aussichtspunkt am Meer hinauf. Bald konnte sie über das Donnern der Brandung hinweg die Stiefeltritte vernehmen. Dann sah sie das Fackellicht, das sich in den Rüstungen widerspiegelte, und schließlich konnte sie einzelne Gesichter erkennen.

Eines davon, inmitten eines Rings aus Soldaten, gehörte niemand anderem als Gildas Aurhinius persönlich. Er war auch der erste, der Rubina entdeckte, was bewies, daß er bei Nacht noch besser sah als mancher jüngere Mann.

»Lady! Was tut Ihr hier?«

Rubina erhob sich, doch ihre Beine wollten sie kaum tragen. Ihren Stab ließ sie auf den Felsen liegen, um die Soldaten nicht zu erschrecken. Aurhinius war zwar zu Fuß unterwegs, aber in Begleitung von zwanzig bewaffneten Wachen.

»Ich warte.«

»Worauf?«

»Auf mein Schicksal.«

»Hör auf, in Rätseln zu sprechen, Frau«, schimpfte eine andere, jüngere Stimme. »Vorwärts, Männer, fesselt sie. Das muß die Schwarze Robe aus Waydols Festung sein. Wir können viel von ihr erfahren.«

Aurhinius drehte sich zu dem jüngeren Mann um, der eine prunkvolle Rüstung trug und Hauptmann der Wache sein mußte. »Ihr gestattet, Zephros?« Er trat vor. »Lady Rubina, nicht wahr?«

Rubina schluckte. Sie hätte nicht erwartet, daß jemand aus Istar ihren Namen kannte.

»Wir versuchen, herauszubekommen, wo Zauberer sind und ob sie noch leben«, sagte Aurhinius freundlich. »Mitunter gelingt es uns sogar. Also, ich kann Euch nicht versprechen, daß die Türme der Erzmagier Euch nach dieser Eskapade wieder aufnehmen, aber ich verspreche, wenn Ihr freiwillig mitkommt, werdet Ihr zu gegebener Zeit zu ihnen zurückkehren können, wenn Ihr und sie dies wünschen.«

Rubina dachte gründlich über seine Worte nach. Das war eine Zusage auf vollständige Begnadigung durch die Herrscher von Istar – wenn sie ihnen half, die Geheimnisse um Waydol und um die heutigen Kämpfe zu lösen.

Doch leider war es ein Handel, auf den sie nicht eingehen konnte. Es waren zu viele Geheimnisse damit verbunden, die nicht nur sie selbst betrafen.

Doch indem er einen solchen Handel vorschlug, bewies Aurhinius, aus welchem Holz er geschnitzt war. Er war ein Mann, der nicht in Rubinas Nähe sein sollte, wenn Takhisis zurückschlug. Ein Mann, der Istar, Karthay, den Rittern von Solamnia und jedem anderen lebendig besser helfen konnte als tot.

Deshalb fiel ihr die Entscheidung nicht schwer. Sie hoffte nur, daß sie in den Reihen der Wachen jemanden finden würde, der ihr über die letzte Schwelle hinweghalf.

Sie bückte sich und hob ihren Stab auf. Gleichzeitig schob sie eine Hand in ihre Robe.

Aurhinius glaubte zunächst, daß Rubina nur ihren Stab aufheben und ihm vielleicht ihre Kräuterbeutel zur Verwahrung übergeben wollte.

Aber Zephros heulte vor Wut und Angst auf. »Sie will Aurhinius verzaubern!«

Ein Teil der Wachen waren Infanteristen und mit Kurzschwertern und Wurfspeeren statt Langschwertern und Schilden bewaffnet. Zephros riß dem nächststehenden Mann seinen Wurfspeer weg, holte aus und warf.

Bei Wettkämpfen war er mit dem Wurfspeer immer geschickt gewesen. Jetzt bewies er, daß er auch in der Schlacht treffen konnte – falls man es eine Schlacht nennen konnte, aus dreißig Schritt Entfernung eine aufrechtstehende Frau zu treffen.

Der Speer traf Rubina unter den Brüsten und drang ihr direkt ins Herz. Sie hatte gerade noch Zeit, erleichtert zu sein, daß ihr körperliches Ende so rasch gekommen war, dann nahm sie nichts mehr wahr.

Aurhinius versuchte noch, sie aufzufangen. Ihr Blut lief ihm über Hände und Arme. Er drehte sich zu Zephros um, der schon den nächsten Speer in der Hand hielt – und jetzt prompt fallenließ.

Mit einem Gesichtsausdruck, den keiner der Anwesenden je vergessen würde, kam Aurhinius den Hang herunter und auf Zephros zu.

»Du Idiot«, sagte er leise.

Zephros wand sich unter dem leisen Vorwurf mehr, als er es unter einem Schwall von Flüchen getan hätte. »Sie wollte Euch umbringen.«

»Sie war ein Füllhorn wertvollen Wissens, und du hast es gerade zerstört.« Aurhinius war mit seiner Geduld am Ende. Er packte Zephros an beiden Armen und brachte sein Gesicht genau vor das des jungen Mannes. »Du kannst gehen, wohin du willst, erzählen, was du willst und wem du willst. Aber du wirst nie mehr unter mir dienen. Wenn ich dich je wieder in einem Lager unter meinem Befehl entdecke, töte ich dich!«

Einen Augenblick lang sah es so aus, als würde Zephros' Tod gar nicht erst so lange auf sich warten lassen. Wut kann eine Katze, die ihre Jungen verteidigt, in eine Tigerin verwandeln; sie kann auch einem Menschengeneral mittleren Alters die Stärke eines Minotaurus verleihen, um dumme, junge Hauptmänner zu zerreißen.

Aurhinius wußte das, deshalb nahm er seine Hände von Zephros und trat zurück. Dann spuckte er vor dem jungen Mann aus – eine vulgäre Geste, ja, aber alles andere wäre bei diesem Kaufmannsprinzen nur Verschwendung gewesen.

Als Aurhinius in der Dunkelheit jenseits des Fackelrings verschwand, machte keiner den Versuch, ihm zu folgen.

Waydol starb kurz vor Tagesanbruch.

Es kam, wie sie es befürchtet hatten. Der Minotaurus hatte nach seiner Verwundung zuviel Kraft in den Kampf gelegt, und Sirbones hatte sich beim Heilen der anderen Verwundeten schon zu sehr verausgabt. Sirbones tat genau das, wovor er Delia gewarnt hatte. Um Waydol zu retten, gab er mehr, als noch in ihm steckte, und beinahe wäre der Priester der Mishakal Delia und dem Minotaurus gefolgt.

Zum Glück hatte sich Tarothin nach einem langen Schlaf und einem ordentlichen Essen soweit erholt, daß er an Bord der *Windschwert* kommen und den Heiler versorgen konnte. »Wenn ihn jetzt jemand einfach für ein paar Tage in seiner Koje festschnallt«, sagte die Rote Robe, »müßte er bald wieder in der Lage sein, von Blasen bis zu Schädelbrüchen alles zu heilen.«

Sie beschlossen, Waydol und Delia auf See zu bestatten – »damit mein Vater irgendwann doch noch nach Hause kommt, wenn auch in anderer Form«, wie Dahrin es ausdrückte. Die Flotte drehte bei, die zwei verhüllten Leichen wurden auf Planken gelegt, und Tarothin sprach die passenden Gebete, da Sirbones unten schlief.

Eskaia kam zur Bestattung an Deck, obwohl sie aussah, als hätte sie lieber im Bett bleiben sollen. Sie hatte jedoch bereits klargestellt, was aus Jemar werden würde, wenn er ihr seine Erlaubnis verweigerte, und jeder andere war klug genug, den Mund zu halten.

Dahrin sagte ein paar Worte über seinen Vater – »der länger leben wird, als hätte er zehn eigene Kinder gezeugt, denn alle, die ihm folgten, waren wie seine Kinder.«

Dann warf er den Kopf zurück und stieß ein besseres minotaurisches Klagegebrüll aus, als Pirvan es von einem Menschen je erwartet hätte.

Aber schließlich hätte er auch nie erwartet, jemanden wie Dahrin kennenzulernen.

Die Trommeln wurden geschlagen, Segeltuch kratzte über Holz, neben der *Windschwert* platschte es zweimal, dann war es vorbei.

Epilog

Die Reise nach Solamnia dauerte nicht lange, denn sie hatten gutes Segelwetter, aber doch lange genug, daß Eskaia und Sirbones sich erholen konnten. Daß Jemar seine Frau über die Laufplanke trug, geschah nur zur Schau, und als der Jubel losbrach, hätte er sie fast ins Wasser fallen lassen.

Danach gab es nicht mehr viel zu feiern, aber um so mehr zu tun. Pirvan wußte, daß dies noch lange so weitergehen würde, selbst nachdem Waydols Männer und Birak Eprons Söldner sich alle niedergelassen hatten. Letztere konnten größtenteils in die Infanterie der Ritter eintreten, doch die anderen verteilten sich auf Jemars Schiffe und Kurulus' Schiff (und einige auf andere Schiffe und Posten des Hauses Encuintras). Wieder andere fanden Arbeit an Land.

Pirvan und Dahrin waren so beschäftigt, daß sie kaum Zeit fanden, einander im Vorbeigehen zu grüßen. Aber Pirvan merkte, daß die harte Arbeit den jungen Mann allmählich aus seiner Trauer herausholte. Außerdem sah er, daß Haimya mit ihrer Voraussage recht behielt: Dahrin verdrehte den Frauen auf Schritt und Tritt den Kopf.

Minotauren taugen nicht nur als Lehrer für Krieg und Ehre, dachte Pirvan. Dann korrigierte er sich selbst. Zumindest *ein* Minotaurus war ein guter Lehrer gewesen.

Sir Marod war derselben Meinung. Ja, seine Meinung von Waydol war noch höher, als Pirvan sie in Worte hätte fassen können.

»Waydol hätte die Antwort der Minotauren auf Vinas Solamnus sein können. Als unser Gründer erkannte, daß der Ehrbegriff, an den er gebunden war, immer noch Fehler zuließ, hat er nicht aufgegeben, hat nicht das Falsche getan, sondern hat einen eigenen, höheren Ehrbegriff entwickelt und dementsprechend gelebt. Damit hat er die Welt verändert. Wie schade, daß Waydol nicht weiterleben und dasselbe vollbringen konnte. Ich würde den Königspriester und seinesgleichen weniger fürchten, wenn wir nicht auch noch die Minotauren zu fürchten hätten.«

Pirvan nickte. Das war die Wahrheit, nach der ein Ritter zu leben hatte.

Sir Marod hielt Pirvan mit Geschäften der Ritter auf Trab, so daß dieser nicht nur wenig von Dahrin sah, sondern auch kaum mehr etwas von Haimya. Der Ritter der Rose machte sogar Anstalten, Haimya in Burg Dargaard zurückzuhalten, bis gewisse Dinge mit Istar ausgehandelt waren.

»Wenn Ihr wollt, kann ich auch Sir Niebar und seine Ritter losschicken, damit sie Eure Kinder hierher in Sicherheit bringen«, fügte Sir Marod hinzu.

Diesen Vorschlag konnte Pirvan zum Glück ausschlagen, ohne gegen Ehre, Maßstab oder gute Manieren zu verstoßen, bevor Sir Marods Ansinnen Haimya erreichte und sie dazu verleitete, dem Ritter der Rose unverzeihliche Worte an den Kopf zu werfen.

Das war auch gut so. Pirvan war nicht ganz sicher, ob er gewünscht hätte, sie zum Schweigen zu bringen, wenn sie erst einmal ihre Meinung sagte. Sir Marod hatte viele Tugenden, aber von Frauen wie Haimya verstand er nur wenig.

Gegen Ende des Sommers ritten Pirvan und Haimya schließlich nach Tiradot zurück. Tarothin begleitete sie, um ihnen magische Hilfe zu leisten, wenn es nötig war, und Grimso Einauge hatte ebenfalls mitkommen wollen. Jemar jedoch hatte ihm ein eigenes Schiff anvertraut, und er hatte damit zuviel zu tun.

Nach einem schmerzlichen Abschied von Dahrin ritten sie eilig davon. Sie wären noch schneller geritten, wenn Haimya nicht festgestellt hätte, daß auch sie jetzt schwanger war, nachdem sie viele Jahre lang geglaubt hatte, Eskaia würde ihr letztes Kind bleiben.

Daheim angekommen, machten sie eine zunächst weniger angenehme Entdeckung. Sir Niebar der Große und nicht weniger als sieben andere Ritter hatten sich auf Gut Tiradot einquartiert.

»Es ist nichts vorgefallen, was Eure Aufmerksamkeit wert wäre ...«, begann Niebar.

»Das werde ich besser selbst beurteilen«, sagte Pirvan.

»Nun gut. Ich werde Euch später alles erzählen. Vorläufig möchte ich nur sagen, daß jeder, der es gewagt hätte, das Gut anzugreifen, auf Ritter von Solamnia gestoßen wäre. Dann hätten sie wählen müssen, ob sie den Angriff abbrechen oder den Rittern den Krieg erklären.«

Pirvan war sich nicht sicher, ob seine sorgfältig ausgebildeten Krieger bei der Abwehr subtilerer Angriffe, die wahrscheinlicher waren als ein offener Krieg, nicht nützlicher gewesen wären als die Ritter. Er war sich auch nicht sicher, ob er wirklich auf eine Leibwache zahlender Gäste auf Tiradot Wert legte, solange die Ritter und Istar noch verhandelten. Beide Seiten liebten Wortklaubereien, und keine Seite würde bereitwillig das Wohl der Figuren in ihrem Spiel bedenken wollen.

Aber in Haimya wuchs ein Kind heran, eine reiche Ernte war einzubringen, und Pirvan mußte seine Kinder und sein Haus neu entdecken. Alles in allem war das mehr als genug, um einen Mann davon abzuhalten, herumzusitzen und sich unnötige Gedanken zu machen.

Bis die Verhandlungen abgeschlossen waren, war es bereits Dunkler Bernstein geworden. Die Nachricht des Abschlusses wurde von Sir Marod persönlich überbracht, der mit einer Eskorte von nicht weniger als fünfzehn Mann angeritten kam.

»Wir wollen ein paar Eurer Nachbarn besuchen«, verkündete der Ritter der Rose. »Ein paar brauchen vielleicht noch Erklärungen, weshalb sie Euch keinen Ärger machen sollten.«

»Wollt Ihr mich etwa über meine Nachbarn aushorchen?« fragte Pirvan. Er fand das überhaupt nicht lustig, konnte sich aber auch nicht recht darüber ärgern.

»Nun, wenn Ihr nicht redet, dann gewiß Sir Niebar ...«, setzte Sir Marod an. Dann konnte er sich nicht länger beherrschen und lachte los. »Wir werden alle Eure Nachbarn besuchen, aber wir werden kein Wort sagen, und Ihr braucht auch nichts zu sagen. Allein unsere Anwesenheit wird schon ausreichen.«

Pirvan schenkte allen Wein ein. »Wie macht sich Dahrin?«

»Eine der Fragen, die wir geklärt haben, war seine Zulassung zu einer ritterlichen Ausbildung. Das war allein unsere Entscheidung, aber manche von uns – ich will keine Namen nennen – haben befürchtet, das würde Istar sauer aufstoßen.«

Pirvan machte einen Vorschlag, was Istar mit seinen Bedenken tun konnte.

Sir Marod schüttelte den Kopf. »Ich hätte gern dasselbe gesagt, aber ich und die anderen Verhandlungsführer hatten eine Verantwortung, die Ihr nicht habt. Es hat eine Weile gedauert, bis wir die anderen davon überzeugen konnten, daß Ihr nichts gegen Istar oder gegen Euren eigenen, freien Willen getan habt, daß Ihr Waydol nur aufgrund Eurer Ehre und Eurer Befehle verteidigen mußtet. Da haben sie sich natürlich danach erkundigt, weshalb die Ritter Euch solche Befehle erteilt hatten. Wir haben im Gegenzug unserer Neugier Ausdruck verliehen, weshalb der Königspriester Assassinen anheuert. Was Rubina Tarothin erzählt hat, was der Gefangene Sir Niebar verraten hat, und was Euer Kenderfreund Fallenspringer jedermann berichtet hat, war uns dabei von beträchtlicher Hilfe. Der Königspriester wird von den großen Kaufmannsfamilien jetzt gerade noch gelitten. Ich gehe davon aus, daß es einige

Jahre dauern wird, ehe wir wieder von den Schweigenden Dienern hören oder ehe er noch einmal Priester des Bösen einen Freibrief ausstellt, zu Land oder zu Wasser zu wüten. Nicht einmal die rechtschaffenen Priester der Zeboim waren erfreut, als sie hörten, daß ihre Mitbrüder das Gleichgewicht so leichtfertig aufs Spiel gesetzt haben!«

Sir Marod griff in einen Beutel, der an seinem Gürtel hing, und holte ein kunstvoll versiegeltes Stück Pergament heraus. »Was alles in allem dazu führt, daß die Istarer diese Sache auf sich beruhen lassen werden.«

Pirvan sah das Pergament an. Dann nahm er es entgegen, ohne es jedoch zu öffnen.

»Ich habe Euch das nicht mitgebracht, damit Ihr es in ein Etui steckt und weglegt«, sagte Sir Marod.

Pirvan öffnete den Brief. Er begann mit dem förmlichen Gruß:

»Hiermit Sei Allen Ritterlichen Brüdern Kundgetan«,

und endete mit der Erklärung:

»Sir Pirvan von Tiradot, auch bekannt als Pirvan ohne Titel, Ritter der Krone, wird hiermit gemäß Eid und Maßstab in den Rang eines Ritters des Schwerts erhoben.«

Das war ein Glückstag für Tiradot, denn noch am gleichen Abend brachte ein Bote die Nachricht, daß Eskaia ein gesundes Mädchen zur Welt gebracht hatte und wohlauf war. Sie hätten noch viel länger gefeiert, wenn Haimya sich mehr Wein gestattet hätte, doch sie trank nie viel, wenn sie schwanger war.

Ihrem Mann jedoch widmete sie in dieser Nacht ihre volle Aufmerksamkeit. Als er schließlich einschlief, hielt sich der frischgebackene Ritter des Schwerts für den glücklichsten Mann auf der ganzen Welt.